그리는 마음

그리는 마음

그림 그리는 이의
시선으로 기록한 날들

전소영 그림 에세이

　　오래 기다리던 눈이 왔다. 오전에 반려견 '사이'와 함께 시골길을 산책하고 어질러진 집 안 정리를 한 뒤 간단히 끼니를 때우고 작업실로 출근을 한다. 밤 사이 쌓인 눈을 빗자루로 쓸고 화단의 동태를 살핀 후 작업실 안으로 들인 화초들의 무사함을 확인한다. 얼마 전 찬 바람에 동해를 입은 유칼립투스 잎의 안부를 세어보고, 땅에 떨어진 동백나무 봉오리 몇 개에 시선을 둔다. 작업실 밖 건너편으로 보이는 낮은 산이 쌓이는 눈으로 제 몸의 형체를 드러내고 있다. 십 년째 쓰고 있는 전기난로를 켜고 포트에 물을 팔팔 끓인다. 찻물을 담은 컵을 감싸 꽁꽁 언 손을 녹이며 겨울을 그릴 준비를 한다. 나는 일상이라고 불리는 삶의 면들을 평화롭게 가꾸기 위해 의식을 놓지 않으려 힘쓴다. 힘쓰지 않으면 놓치기 쉬운 것이 평화인 것을 알기에, 나는 이내 풍랑에 흔들리고 걱정하고야 마는 작은 인간이기에.

　　그렇게 내면의 파도들이 잠잠해져서 손에 붓이 들릴 때까지 기다리는 시간이 필요하다. 이것은 침잠을 위한 나름의 의식 같은 것. 마음이 어지러운 상태에서는 어떤 것이든 그릴 수가 없다. 도움받는 것들은 그날 인연을 맺은 몇 줄의 문장, 흐린 날의 정취와 추운 공기, 산 위로 드리우는 빛과 구름의 그림자, 흙 내음, 친구의 편지, 낮은 음악 소리, 목구멍을 데우는 찻물 그리고 누군가를 위한 기도…. 그러면 낮게 가라앉아 있던 모양과 단어들이 가벼워져 수면 위로 떠오른다. 이내 사라져버릴지 모르는 이것들을 잘 떠서 얼른 수첩에 그려내려 간다. 그동안 적어온 수첩을 쌓아놓고 뒤적여보니, 빼곡한 글줄들이 나를 바라보고 있다. 언어로 표현할 수 없는 것들이 그림에 담기기도 하고, 그림보다 먼저 흘러나오는 문장을 주워 담기도 한다. 내겐 글과 그림, 삶이 모두 그리는 일이다. 수많은 수첩에 그려내려 간 선들은 내 한숨이고 읊조림이고 눈물이고 희망이지만 이것들을 모아 세상에 내놓는 것에는 다른 의미가 필요하다. 그렇다면 그 의미는 무엇일까? 나에게 하는 매일의 질문이다.

무언가를 그리며 가장 신기했던 일 중 하나는 풀 한 포기, 과일 하나를 그렸는데 사람들이 거기에서 그린 이의 심상을 느낀다는 것이다. 한 번도 실제로 마주한 적 없는 다른 이가 세상 어딘가에서 비슷한 감정을 느끼며 살아가고 있다는 것은 무한한 우주에서 함께하고 있다는 안도감을 가지게 한다. 용기를 내어 뱉은 소리가 숲과 강에 부딪치는 느낌을 받았을 때 서로의 존재를 확인받듯이. 그렇게 글과 그림과 삶은 나 혼자만의 것이 아니다. 보이지 않아도 우리는 서로에게 영향을 주며 살아가고 있다.

가뜩이나 말이 많은 세상에서 또 다른 말을 더하는 것에 무게를 느낀다. 그래서 어떤 날은 말을 길게 할 수가 없었다. 그래도 나오는 말이라면 누군가의 마음을 찌르는 일보다 깁는 일을 하고 싶다. 그게 마음처럼 잘되진 않지만, 내가 할 수 있는 일은 글과 그림이라는 실로 기워 갚는 일이다. 어떤 모양이든지 조각들을 정성 들여 붙여 엮으면 무언가를 담을 보자기 하나쯤 만들 수 있을 거라는 믿음이 있다.

그동안 경험한 시간들에서 겨울을 지나지 않는 봄은 없었다. 앞으로도 그럴 것이다. 그러니 겨울이 그저 춥고 시린 계절만은 아니라는 생각이 든다. 자세히 듣고 귀 기울여본다면 누구나 그 안에서 감사한 온기를 찾을 수 있다. 그러므로 어지러운 세상 속에서 계속

무뎌지는 바늘 끝을 매일의 평화로 갈고닦아야 한다는 것도 잊지
않아야 한다.

세상을 곰곰이 들여다본 사람은 알 것이다. 날 선 비판보다 다
정한 한마디가 어렵다는 것을, 복잡한 문장보다 진심 어린 목소리
가 더 시간을 필요로 한다는 것을, 작고 연하고 선한 것들은 쉽게
무시당하지만 그것들이 사실 무거운 세상을 지탱하고 있다는 것을
말이다. 홀로 살 수 있는 생은 없으니 나는 오늘도 다른 무언가의 도
움으로 살아간다. 겸손하고 정직한 삶과 그림, 그것이 내가 그리는
의지이자 마음이다.

문산 작업실에서
전 소 영

차례

줄기

뿌리

잎
사
귀

의도한
이사

도시를 벗어나 살고 싶었던 가장 큰 이유 중 하나는
나의 뿌리를 흙에 심고 싶어서였다.
화원에서 산 3천 원짜리 흙 말고,
진짜 흙 말이다.
모든 것과 깊이깊이 연결되어서 뿌리가 생긴 대로 뻗어나가도 좋을.
그런 흙에 뿌리박아 깊게 호흡하며, 마음껏 자라고 싶었다.

긴긴밤

    난생처음 '두엄'이라고 적힌 비료를 샀다. 블루베리 묘목을 심으려 계획하면서 그것이 열매를 맺기 위해서는 산성토양이라는 전용 흙이 필요한 것도 처음 알았다. 파주에서 해마다 이른 봄에 열리는 산림조합에 가서 구경을 하다 보니 도시를 떠나 있음이 새삼 실감 난다. 이곳에는 작은 꽃나무부터 큰 과실나무, 울타리용 측백나무들, 잔디, 정원을 가꾸기 위해 필요한 흙과 비료 등이 진열되어 있다. 제법 규모가 큼에도 봄을 준비하기 위해 모인 많은 사람들로 북적였다. 계산대 앞에는 가지만 앙상한 상태의 각종 나무를 뿌리째 들고 있는 사람들이 줄을 길게 서 있는 모습도 보인다. 코너를 돌아보니 넓은 흙더미에 묘목들이 무심하게 꽂혀 있다. 어떤 중년 부부가 그 사이를 헤집으며 조금 더 튼튼한 수형의 나무를 신중하게 고르고 있었다. 나무를 고르는 사람들의 눈은 느리고 온순하게 반짝인다. '이곳에서는 싸울 일이 없겠어.'라는 생각이 들 만큼 식물들이 내뿜는 평화의 공기에 도취되는 듯하다. 우리도 진중한 눈빛을 하고는 노란 장미 묘목을 하나 골라 들었다.

    지방에서 자랐지만 도시를 떠나 살아본 적은 한 번도 없었다. 주말마다 다른 가족들과 함께 가까운 계곡이며 산을 찾아 시외로 놀러 다닌 기억이 나에겐 시골이고 자연이었다. 봄이면 산으로 가서 취나물이랑 냉이를 뜯어 라면을 끓여 먹었고, 여름에는 강이

나 계곡을 찾아 텐트를 치고 올갱이(다슬기의 충청도 사투리)를 잡았다. 주말이 끝나면 집으로 돌아와 다시 학교에 가야 한다는 사실이 항상 못내 아쉬웠다. 만약 시골에서 나고 자랐다면 흐르는 물과 흔들거리는 풀들이 대수롭지 않을 만큼 익숙해졌을까? 모를 일이다. 시간이 흘러 어른이라고 불리는 나이가 되면서 새로운 가족을 꾸리게 되었고, 우리는 오랜 도시 생활을 정리하고 시골 마을 대로변에 있는 주택을 하나 구했다. 집을 구하게 된 원동력은 늘 쫓기듯 살아야 하는 환경에서 벗어나 안정적으로 살고 싶은 마음도 있었지만, 그보다는 자연에 조금 더 가까이 살고 싶다는 바람 때문이었다.

이곳의 봄은 도시와는 다른 모양으로 생동감이 넘친다. 벗나무 아래서 사진을 찍거나 야외 테라스에 앉아 맥주를 마시는 것이 아니라 춘분에 맞추어 흙을 돋우고 거름을 준비하고 새로운 나무와 채소 모종을 심는다. 이 모든 일에는 때가 있으므로 한 평이라도 땅을 가지고 있는 사람들은 모두 손이 바빠진다. 우리가 이사 온 집에는 앞쪽으로 딱 한 평의 화단이 있다. 우리에게 화분이 아닌 땅에(그러니까 어떤 한정된 공간이 아닌, 저 깊숙이 모든 것과 연결된 땅에) 무언가를 심고, 가꾸고 그것이 커가는 것을 바라보는 행운이 주어진 것이다.

화단을 갖는 것은 오랫동안 바라던 소망이었기 때문에 마음이 들떴다. 오랫동안 방치된 상태의 화단은 손볼 것이 너무 많았다. 군데군데 큰 돌이 박혀 있었고, 가장자리에 울타리가 없어 흙이 유실되고 있었다. 하지만 집을 보수하기 위해 여러 할 일이 많았으므로 화단에만 매달릴 수는 없었다. 아쉬운 대로 콘크리트 블록을 이용해 높이를 다듬기로 했다. 가까운 철물점에 가서 콘크리트 블록을 여러 장 실어 왔다. 낑낑대며 삽질을 하고 블록을 쌓다가 손을 찧어 새끼손가락 뼈가 부러졌다. 그것으로 여러 달 모든 것이 불편했지만 화단 신고식이라고 여기기로 했다. 모자란 흙을 채워 넣고 지렁이를 풀어줬다. 그간 읽었던 정원 관련된 서적에서 지렁이가 여러모로 많은 도움이 된다는 것을 보았기 때문이다. 삽으로 흙을 파서 지렁이를 풀어줬는데 꿈틀대며 제 갈 길을 찾아가는 지렁이가 징그럽지 않고 귀엽게 여겨졌다. 모든 것이 새롭고 흥미로운 시작이었다.

우리는 이 한 평의 화단에 크로커스 샤프란, 작약 세 종류와 미스캐나다 라일락, 목수국, 러시안 세이지, 꿩의비름, 두메양귀비, 벌개미취, 타래붓꽃, 방아풀 등을 조르르 심기로 했다. 별다른 계획 같은 것은 없었고 일단 좋아하는 것들을 조금씩만 심어보기로 했다. 이곳은 서울과는 평균 온도가 보통 4-5℃ 차이가 나기 때문에 겨울 추위를 견딜 수 있는 월동 온도를 참고했다. 화단에 대해서는 완전 초보이므로 여러 해를 나보아야 조금 알 것 같았다. 아마 욕심대로라면 땅이 백 평쯤 있어도 모자랄 것이다.

드디어 진짜 흙에 내 손으로 무언가를 처음 심어보았다. 책에서만 읽고 옆에서 곁눈질로만 보던 신비로운 경험을 하고 있다는 생각에 가슴이 벅차올랐다. 매일매일 화단 앞으로 가서 싹이 나오지는 않나 들여다보고 혹여나 물이 부족하진 않을까 흙에 손가락을 하도 찔러보아 손톱 밑에는 까만 흙이 끼기 일쑤였다. 그렇게 점점 봄이 다가오는 것을 느끼며 기다리고 있었다. 춘분이 지나고 3월 넷째 주가 되자 마른 듯 보였던 가지에서 새순이 나오기 시작했다.

식물들에 물을 주고 흙을 만질 때마다 도시에서 충족되지 않았던 갈증이 조금씩 해소되며 내 마음의 토양에 거름 칠을 하는 기분이 들었다. 삽으로 흙을 깊게 파낸 뒤 무언가를 심는 행위가 주는 충만함, 굳이 내가 심지 않아도 겨우내 단단했던 흙을 밀고 올라오는 온갖 새싹이 주는 경이로움이란 볼수록 새삼스럽고 지루하지 않았다. 이것을 온전히 담아낼 수 있는 글이나 그림이란 없을 것이다. 우리는 기껏해야 그 줄기 끝의 작은 잎사귀 하나 정도만 묘사할 수 있을 뿐이다.

나는 이런 삶의 터전을 아주 오랫동안 마음으로 준비하고 그렸다. 그리고 때가 오기를 간절히 기다렸다. 그러니까 내가 태어나기 아주 오래전부터 지금에, 그리고 다가오지 않은 시간에까지 언제나 낮게 깔려 있는 흙을 그리워했던 것이다. 지나면 되돌아가지 못할 눈으로 이 모든 것을 더 생생하게 보고 기록하고 손으로 만지고 싶었다. 깜깜한 밤의 이야기를 별에게 듣고, 지는 꽃잎 곁에 가만히 앉아 있고 싶었다. 늘 도사리는 세상의 위험과 시험으로부터 깨어날 수 있도록, 작은 한 사람으로서 그 앞에 엎드리고 싶었는지도 모른다. 그렇게 흙을 밟으며 사는 사람들과 매 순간 변화하는 자연을 끊임없이 시선 안에 담아두고, 그 모습을 그리고 싶었다.

이런 그리움들이 나를 이 북쪽의 땅으로 불렀는지 모른다.
임진강이 흐르는 곳, 겨울이면 혹독하게 추운 곳,
그래서 봄이 더 아름다운 곳으로.

시리도록
아름다운 계절

사월 즈음에 봄비가 오고 나면

새로운 싹들이 마구 올라오기 시작한다.

봄비는 흙 깊은 곳을 건드려 촉촉하게 만들고,

뿌리는 그것을 세차게 빨아들인다.

그렇게 검은 가지 밑동에서 새로운 기운이 솟아오르고

사방으로 뻗은 잔가지 끝까지 붉게, 푸르게 물이 차오른다.

못 보던 들꽃들이 하나둘 빳빳하게 고개를 든다.

부활절이 사월 즈음인 것은 우연이 아니라는 생각이 든다. 유난히 더 시리고 바람의 끝이 칼날과 같은 달, 아직 벗어나지 못한 어둠의 그늘 아래 아무도 깨지 못할 것 같았던 단단한 얼음을 깨고 올라오는, 세상에서 가장 여린 싹들. 이것이 부활이 아니고 무엇이겠는가. 그렇게 사월의 봄비는 부드럽게 세상을 깨운다. 그러면 만물이 겨우내 껴입었던 두꺼운 옷을 벗어 던지고 햇볕 아래로 모여드는 것이다.

누군가는 싱숭생숭해 봄을 탄다고 하는데, 나는 봄만 되면 정신이 번쩍 든다. 여기저기 돋아나는 것들을, 녹아 흐르는 물소리를 구경하기에 분주하다. 이맘때 산을 계속 바라보고 있자면 잎이 자라는 모습까지 볼 수 있을 것 같은 기분이 들 정도로 시시각각 변한다. 하루가 다르게 연한 연둣빛이 점점 짙어지고, 나무들에 숱이 많아지는 것이 느껴진다. 연한 초록빛 산릉선 아래로 보이는 연분홍 벚나무와 진달래, 산철쭉의 조화가 맑고 보드라운 수채화 같다. 그 풍경들을 감히 그림 그릴 생각을 하지 못한다. 그림으로 담아내기에 더욱 그림 같은 풍경이기 때문이다. 또 다른 핑계를 대자면 봄의 산은 바라보고만 있어도 시간이 빨리 흘러버리기에 그림에 담을 틈이 없다. 그에 비해 가을, 겨울은 천천히 그 앞에 머무르도록 시간을 허락해주는 것처럼 느껴진다.

더 깊게 앉았다가 더 멀리 바라보려고 눈을 가늘게 뜬다. 하나도 놓치기 싫어서, 기억에 담아두고 싶어서, 동공이 봄바람을 타고 흔들린다. 모든 계절이 그렇지만 특히 사월이 되면 유난히 눈이 바쁜 것은 막 자라나는 어린아이의 모습을 지켜보는 듯하기 때문일까. 마치 봄 같은 아이들이 하루가 다르게 커가는 것과 비슷한 것 같다. 이렇게 계절마다 흐르는 속도가 다르게 느껴지는 것 또한 사람의 마음에 달린 일일 것이다.

이렇게나 눈이 부시게 아름다운 계절이 그냥 올 리 없다. 막 피어나는 꽃을 보며 언젠가는 지는 모습을 떠올린다. 그러기에 지금, 이 찰나의 순간들이 더욱더 소중하다. 시간은 어김없이 흐른다는 것, 그리고 모든 존재는 흐르면 돌아오지 않을 시간의 강에 속해 있다는 것. 그것을 알려주는 계절이다. 그렇게 사월에는 미처 피어보지 못하고 져 버린 꽃망울들을 더 많이 생각한다. 우리들의 영혼은 눈에 보이지 않는 곳에서 손을 맞잡을 수도 있을 것이라 믿기에.

이사를 오며 화분이 더 늘어났는데 며칠 전에 분갈이를 마친 대형 화분들 때문인지 크게 느껴졌던 집이 꽉 차 보인다. 마침 비가 온다는 소식을 듣고 모두 비를 잘 맞을 수 있는 곳으로 꺼내놓

앗다. 워낙 개수가 많아 다 모아놓으니 마치 화원이 된 것 같다. 화초들이 봄비를 맞는 모습을 보면 좋아하는 것이 느껴진다. 장대비가 아닌 보슬보슬 흩어지며 내리는 봄비일수록 더 좋다. 보약을 마신 것처럼 봄비를 맞고 나면 활기를 되찾고 새잎이 쑥쑥 자란다. 잘은 모르겠지만 비에는 식물에 좋은 어떤 성분이 들어 있는 게 틀림없다. 과학자들이 설명해주기 이전에, 들판을 누비던 옛사람들은 이것을 알았을 것이다. 내가 본 것처럼 그들도 무덤덤했던 땅이 미지근한 물로 깨어나는 것을 온몸으로 보았을 것이다. 그들의 경험이 유전적으로 나의 어딘가에 남아 있을 수도 있겠다. 내가 어떠한 과학적 지식 없이 그것을 알아챈 것을 보면 말이다. 그렇게 영양제보다 비가 더 효과가 좋은 것을 경험한 이후로 비 소식이 들릴 때마다 우리 집 화초들은 바깥으로 옮겨지느라 바쁘다.

'참, 너도 있었지?'
빼놓지 않으려고 집 안에 있는 식물들을 꼼꼼히 살핀다.

따뜻한 차를 한잔 우려내어 꺼내놓은 화분들이 잘 보이는 곳에 자리를 잡는다. 가느다랗게 오랜 시간 내리는 봄비를 맞는 세상을 보고 있자니 나도 함께 깨어나는 기분이다.

나눠
보는 것

"글쎄요. 나눈다는 것은 나에겐 너무 멋진 말인 것 같고,
그냥 하고 싶은 일에 최선을 다하는 거죠.
내가 하고 싶어서 하기로 한 일을 성실하게.
책임을 다하는 것."

2021. 4. 30
비온뒤 흐림 13°C
작약 몽우리 기록

문산에서 오일장이 열리는 날이다. 구경도 할 겸 나갔다가 할머니가 파는 모종 집 앞에서 시들시들한 한련화를 뜯어보고 있으니 두 개에 오천 원이란다. 상태가 별로 좋지 않아 보여 머뭇거리는데 세 개에 오천 원에 가져가라며 선심을 쓰신다. 그러니 어쩌나, 결국 데려와 화단의 빈 공간을 기웃거리며 흙을 파고 있었다. 앞집 아주머니들이 말을 걸며 길을 건너오신다.

"뭘 그렇게 또 심어요?"
"아 네, 한련화요!"

그러고 나서는 이건 뭐냐 저건 뭐냐 물으며 일부러 심어놓은 돌나물을 잡초인 줄 알고 뽑아내려고 한다. 일부러 심은 거라고 손사래를 치니 그런 건 뭐 하러 심느냐고 묻는다. 지천으로 널린 게 잡초고 나물이구먼 그 작은 화단에 예쁜 꽃나무를 심든지 상추나 고추를 심어 먹기나 하지 참으로 이해가 가지 않는다는 표정이다. 사실은 나도 어떤 게 잡초고 어떤 게 뿌려놓은 씨가 발아한 것인지 구분을 할 수가 없다. 이런 노지에 무엇을 심어 키워본적이 없으니 계획은커녕 마음 내키는 대로 뒤죽박죽이다. 나중에 너무 잘 자라서 좁으면 어쩌나 하는 노파심에 간격도 띄엄띄엄 어설프기 짝이 없다. 그나마 파주의 혹한에서도 견딜 만한 노지 월동이 되는 것들로 골라 심긴 했는데, 경험이 없는 나로서는 인 터넷 검색을 통한 제한된 정보에 의지할 수밖에 없다. 처음 화단 을 가졌다는 마음에 잔뜩 신이 나 일단 심어보자는 식이다. 조용 했던 마을에 젊은 사람들이 이사를 와서 손바닥만 한 화단을 가 꿔보겠다고 분홍색 꽃삽을 들고 이리저리 왔다 갔다 하고 있으니 내 꼴을 동네 어르신들이 본다면 하는 짓이 귀여울 만도 하다.

옆집 아주머니가 손자를 태운 유모차를 끌고 마실 나오셨다. 그 집 화단에 수선화가 참 예쁘게 피었다며 칭찬을 하니 잠깐 기 다려보라며 사라지셨다. 조금 있으니 한 손에는 호미를 들고 한 손에는 자기 집 화단에서 캐 온 수선화와 돌단풍, 무스카리를 들 고 오신다. 오래전 영화 〈빅 피쉬〉를 보며 드넓은 수선화 밭을 일 구는 꿈을 꾸었지만 더 넓은 땅이 생기는 나중으로 미루고 있었 는데, 이참에 맛보기처럼 우리 집 화단에도 수선화 몇 구가 피어 나게 되었다. 이렇게 주셔도 되냐고 감사의 인사를 건네니 원래 꽃은 나눠 보는 것이라고 한다. 그 말에 감동을 받아 나도 심던 아 이리스 구근을 몇 알 건넸다.

앞집 아주머니는 며칠 뒤에 바위솔과 나리꽃을 주셨다. 겨울 에도 견뎠다가 이듬해에 또 난다며 이건 보라색 꽃이 피고 저건 주황색 꽃이 핀다고 간단한 설명을 덧붙이신다.

"나도 여기 이사 온 지 이십 년이 되었는데 처음 몇 년은 꽃을 줄기차게 심어댔지. 처음에는 다 그래. 뭐든 심고 싶어져."

시골 어르신들은 요즈음 유행하는 세련된 화초 이름은 잘 알지 못해도 오래전부터 이 지역에서 자라던 식물들은 누구보다 잘 알고 있다. 인터넷이나 책을 보고 안 것이 아니라 누군가의 말로 전해 듣고 해를 거쳐 몸으로 익혀 안 것들이다. 어떤 식물이 물 근처에서 잘 자라는지, 덩굴로 무언가를 휘감고 올라가 꽃을 피우는지, 이 땅의 겨울을 잘 견뎌낼 수 있는지 아는 지식이 아닌 지혜의 말들을 나에게 다시 전해준다. 그 지혜의 대가 끊기지 않도록 우리는 전달자의 의무를 타고 나기도 한 것이다. 꽃도 사랑도 나눠 보는 것이라는 지혜의 말을.

이렇게 우리는 데면데면한 첫인사를 꽃으로 나누었다. 꽃을 나누니 경계심이 사라지고 마치 오래전부터 알고 지낸 사이처럼 금세 마음이 풀어진다. 이렇게 나누다 보면 이 집에 있는 꽃이 저 집에서도 피고 여기저기 우리 마음도 조금씩 곱게 피어나겠지.

기억과
장독대

어떤 면에서 나는 시간이 흐르기를 기다리는 중이다.

시간이 쌓여야만 나올 수 있는 응집된 결정체 같은 것이 있다.

다만 그 시간을 차곡차곡 다지며 쌓아 올렸을 때만이

무언가 단단하게 뭉쳐질 수 있다.

70살이 되었을 즈음의 나를 상상해본다.

맑고 깊은 눈빛을 간직하고 싶다.

소설가 무라카미 하루키는 《직업으로서의 소설가》라는 자전적 에세이에서 자신의 머릿속에는 여러 개의 서랍이 달린 큼직한 캐비닛 설비가 있다고 비유했다. 거기에는 큰 서랍도 있고 작은 서랍도 있으며 여러 형태의 서랍들에 기억이 저장되어 있는데, 소설을 쓰면서 이거다, 싶은 서랍을 열고 그 안의 소재를 스토리의 일부로 쓴다는 것이다.

나도 비슷한 생각들을 한 적이 있다. 언제인지는 정확하게 기억나지 않지만 어느 해에 시골집에 방문하여 하루를 보낸 적이 있는데, 이른 아침 마당 한편에 반듯하게 닦여 햇살을 받고 있는 장독대들을 보며 한 생각이다. 내 머릿속 한구석에도 항상 그런 장독을 위한 자리가 있다고 말이다.

크기와 모양도 다르고 만들어진 햇수도 모두 다른 옹기들 안에는 어떠한 장소, 사람, 이미지, 냄새, 촉감이 뒤섞인 채로 담겨 시간과 계절을 느끼며 익어가고 있다.

기억과 장독대라니, 그런 구수한 생각을 할 무렵부터 내 속에는 이미 마님 한 분이 살고 있었나보다. 하지만 장독 속 장맛은 아직 시큼하고 떫은맛뿐이었다.

장독을 위한 자리로는 집 안에서 가장 양지바른 곳을 선택한다고 한다. 집의 사정에 따라 장독의 수가 정해지는데, 장독에 담긴 장은 그 집의 음식 맛을 좌우하는 보물과 같으므로 비나 물이들지 않게 조심하고 먼지가 쌓이지 않도록 깨끗한 행주를 꼭 짜서 정성으로 닦아낸다. 장독에 윤이 반들반들하게 나고 정리가 잘되어 있는 집을 보면 그 집 주인의 정성을 느낄 수 있다.

내 머릿속의 장독 안에서 익어가고 있는 것들은 대부분 시간의 때를 기다리고 있는 중이다. 가끔 잘 익고 있나 뚜껑을 열어 맛을 보기도 하는데 대부분 다시 덮는다. 조금 더 묵혀야 하는 것들이 많다. 당장 써먹어도 괜찮겠지만 잘 묵을수록 깊은 맛이 나니까 말이다. 그것들은 문득 떠오른 어떤 이야기이기도 하고 누군가와 나눈 대화, 단어나 감정들이기도 하다.

예를 들어 지하철에 관한 이야기가 있다면 그것을 일단 적당한 옹기에 넣어놓는다. 지하철에서 본 어떤 노인을 보며 든 생각도 넣고, 맞은편에 앉아 있던 사람들이 신은 제각기 다른 신발에 대한 이미지도 넣어놓고, 그날 유리창에 비쳤던 고단해 보이는내 모습도 넣는다.

그리고 그것들이 익을 때까지 기다려보는 것이다. 어떤 것들은 이내 녹아 사라지는 것들도 있고, 어떤 것들은 점점 더 선명해져서 잘 발효되기도 한다. 뚜껑을 열어보다가 때에 맞춰 익은 것들이 있으면 꺼내 글이나 그림의 소재로 쓴다. 가끔 마음이 조급해서 담근 지 얼마 되지 않은 것들을 써보면 역시 그만큼의 깊이가 없다. 장독 안에 담긴 장은 그대로 모든 계절 안에서 시간을 입는다.

그렇게 무언가 세상에 나오기까지는 다른 무엇으로도 대체할 수 없는 시간의 힘이 필요하다. 그 시간의 힘은 양이나 길이보다는 거기에 얼마나 꾸준히 정성을 쏟았는지에 달린다. 때가 왔을 때 시간이 진정한 힘을 발휘하기 위해서는 순간순간 먼지가 쌓이지 않도록 손길을 더해줘야 한다.

잘 묵힌 장은 다양한 요리에 맛있게 쓰일 것이다. 그것으로 다 함께 즐겁고 든든해진다면, 그것으로 할 일을 다한다.

그림
월동 준비

깊게 본다는 것은 내가 아닌 무엇을
더 깊이 이해하고 싶다는 뜻이다.
더 깊이 이해해서
나의 기억 속에,
그림 속에,
음악 속에,
글 속에
담아두고 싶다는 것이다.
담아두어 매 순간을 사랑하고 싶다는 뜻이다.
오늘도 잎사귀가 제 할 일을 하는 것처럼,
나도 세상을 보는 일을 한다.
애정을 담뿍 담고서.

Sunset
persimmon
'21 - 5

겨울이 오기 전에 미리 겨울 그림을 그리며 월동 준비를 하고 있다. 올해로 이곳의 겨울을 세 번째 맞이하고 있다. 북쪽의 겨울 추위를 체험한 우리는 조금 일찍 월동 준비에 들어갔다. 작년 이맘때에 욕심껏 들인 식물들과 선물 받은 화분들을 합치니 식물이 안팎으로 차고도 넘친다. 작업실은 화분들이 하나둘 자리를 차지해 북적거린다. 날씨가 쌀쌀해지기 시작하면서 식물들도 성장을 멈추고 있다. 여름 내내 새잎을 보여주던 알로카시아, 여인초도 이내 활동을 멈추고는 마치 깊은 잠을 자려고 준비하는 것처럼 보인다. 이제부터는 화초들에 물도 적게 주어야 한다. 겨울을 나기에 너무 많은 잎과 가지는 그만큼 에너지를 빼앗기니 적당히 가지치기를 해주고, 추위에 약한 화초들은 실내로 옮기고, 바깥에서 월동이 되는 식물들도 화분에 단열재와 짚으로 옷을 입혀주었다. 마른 잎들을 긁어모아 흙 위에도 덮어준다.

주택에 살면 자잘하게 손보아야 할 일들이 많다. 바람이 들어오는 곳들을 다시 점검하고 구멍을 메워준다. 오래된 나무 창문이나 벽돌 사이에 떨어진 시멘트도 공사를 해야 할 것 같지만 지금 당장은 여유가 없으니 차차 하기로 한다. 선풍기를 창고에 넣어놓고 난로를 꺼냈다. 손발이 자주 시리니 두툼한 털 실내화를 하나 장만했다. 부모님 품에서 벗어난 후로 내 앞길을 찾아왔다 하지만 새로운 공동체를 이루고 마련한 공간을 우리 손으로 꾸려나가는 일을 하니 어른이 되어가는 과정이구나 싶다. 어떤 과정 속의 실수와 경험은 하나도 허투루 버릴 것이 없다.

식물들과 집을 돌보며 나도 월동 준비를 해볼까 하는 생각이 든다. 농사에서도 겨울은 갈무리를 하며 땅도 사람도 쉬어가는 시기이다. 움직임은 최소한으로, 음식도 과하지 않게. 틈틈이 자주 나의 동굴 안으로 들어가 그동안의 시간을 돌아보기도 하고 돌아올 봄을 위해 마음과 몸의 에너지를 비축해두어야지. 올해는 눈을 많이 보고 싶다. 작년에는 눈이 온 날이 잦아 눈 사진을 많이 저장해놓았다. 시골에 쌓인 눈 풍경을 본 뒤로 눈을 기다리지 않을 수가 없다. 그런 마음으로 겨울 그림을 그리기 시작했다. 추위 안에서 온기를 발견하고자 하는 경건한 자세로.

서울에 사는 동안은 내리기가 무섭게 도시의 열기에 질퍽해지는 회색빛의 눈만 보아왔는데, 넓게 펼쳐진 논밭 위로 살포시 내린 흰 눈, 빛을 반사하며 반짝이는 눈꽃 결정체의 모양이 그대로 살아 있는 것을 어린 시절 이후 정말 오랜만에 보았다. 어린 시절 눈이 오면 돋보기를 들고 밖으로 나갔다. 모두 다르게 생긴 눈꽃 결정체를 시간 가는 줄 모르고 관찰하다가 손발이 꽁꽁 얼었던 기억이 난다. 게다가 아무도 밟지 않은 눈길을 가벼이 산책하는 기쁨이란! 눈이 내려앉은 시골은 온전히 청량한 겨울 공기를 가로지르는 철새, 나무의 가느다란 푸른 그림자가 제 모습을 드러내는 신비로운 세상이다. 이렇듯 겨울은 여백의 계절이다. 숲이 그동안 키워놓았던 잎사귀를 털어버리고, 자신의 맨몸을 바람에 맡기는 계절. 채우는 것만큼 비우는 것이 중요하다고 말해주는 계절이다. 또 겨울 공기는 차갑지만 가슴을 따뜻하게 하는 묘한 매력이 있다. 볕 좋은 겨울날, 하늘의 색은 그 어떤 파랑보다도 맑고 투명하며 손에 만져질 듯 가까이 다가와 있다. 수많은 물감의 색 중에 망가니즈 블루(manganese blue)라는 파란색이 있다. 망가니즈(manganese)는 연망간석이 고대 로마에서 유리의 착색에 대한 색 지움에 사용되었던 데서 깨끗이 한다는 뜻의 그리스어 manganizo, 또는 마법이라는 뜻의 manganon에서 연유한다고 한다. 마법과도 같은 겨울의 하늘이 딱 잘 어울리는 파랑이다. 이 물감을 잔뜩 풀어 겨울 그림에 사용했다.

겨울 풍경 그림에 푹 빠지다 보니 지금 미리 겨울을 사는 느낌이다. 오로지 혼자 겨울 안으로 걸어 들어가 한참을 노닐다 나오면 마치 멀리까지 걷다 온 것처럼 개운한 기분에 만족감이 든다. 이것 또한 그림이 주는 마법일 것이다.

여기,
여름

길을 가다가 잠시 멈춰

내가 가는 길의 생김새를 살펴본다.

이런 모양, 색깔, 향기.

한 발자국이 지나면 지난여름이 어땠는지

또 잊겠지만,

그래도 기억해본다.

이 여름의 무더움과 싱그러움을.

watermelon. '22
go young

여름의 하늘을 그림으로 그린다면 재료는 뭐가 좋을까. 가을 하늘이 넓고 깊은, 그러면서도 맑은 파랑이라면 여름의 파랑은 습기를 가득 머금은 짙은 파랑이다. 수채로만 표현하기에는 너무 맑을 것 같고, 흰색 과슈*를 섞어 조금 탁하게 만든 코발트블루에 물을 섞어 그려보면 어떨까. 구름은 물감을 조금 더 얹어 무겁게 뭉쳐 있는 덩어리로 표현해야겠다. 일반적으로 부르는 뭉게구름을 다른 순우리말로 '쌘구름'이라고 한다고 한다. '쌓여 있는 구름'이라는 뜻이다. 축축한 파랑 위에 뭉게뭉게 쌓여 있는 구름. 나의 짧은 언어로는 이 이상으로 여름의 하늘을 표현하기는 힘들 것 같다. 과학자의 눈에는 저 구름이 고기압 현상일 테고, 어린이의 눈에는 토끼나 솜사탕이 될 테지만, 내 눈엔 흰색 물감 덩어리로 보인다.

이곳에 와서 모든 계절을 더 깊이 사랑하게 되었다. 그리워하던 무엇과 매일 손을 잡고, 길을 걷게 되었다고 할까. 그 길에서 만나는 하늘은 매일, 매 순간이 다르다.

첫해에 "겨울에 추우니까, 여름엔 좀 시원하겠네요?"라고 이웃에게 물었는데, 겨울엔 무척 춥고, 여름에는 무척 덥다는 답을 들었다. 가장 추울 때와 가장 더울 때가 무려 60도 차이가 나는

---

* 과슈(gouache) : 수용성의 아라비아 고무를 섞은 불투명한 수채 물감 또는 이 물감을 사용하여 그린 그림.

아무래도 꽤 멋진 곳으로 이사를 온 모양이다. 그런데도 그게 그리 싫지 않고, 내가 아직 제대로 겪지도 않은 일을 자랑처럼 이야기하고 다녔다. 익숙하지 않은 느낌이 주는 신선함 때문이었을까. 여행지에 머무르며 글을 쓰는 어떤 작가처럼 낯선 곳에서 완벽한 이방인도, 완전한 일원도 아닌 채로 나를 단련하고 싶다는 이상한 욕구가 약간은 충족될 것 같은 기분이 들기도 했다.

물론 모든 계절을 사랑한다고 해서, 춥거나 덥지 않은 것은 아니다. 말 그대로 혹독한 원초적인 고됨이 뒤따른다. 여름이면 습도가 너무 높아 물속을 걸어 다니는 듯하고, 몸이 녹아내리는 것 같아 아무 일도 하기가 싫어진다. 소나기가 자주 와서 화단에 물을 길어 나르지 않아도 되니 편한 점은 있는데, 그만큼 풀도 함께 잘 자라서 매일 뽑아도 다음 날이면 또 키가 커 있다. 며칠을 방치해두었더니 화단이 아니라 들판과 비슷한 모양새가 되었다. 올해가 유독 더운 것만 같은 느낌은 매년 들었던 것 같은데, 돌아보면 지난해는 그래도 견딜 만했던 것 같다. 지난 것은 아무리 힘들었던 일도 흐릿해진다. 그러니 올해의 찌는 듯한 습기와 더위도, 마스크 속에서 내뱉는 긴 한숨들도 분명 지난 일이 될 것이다. 하지만 그런 생각조차 아무런 위로가 되지 않는 날도 있다. 그렇다면 아무 생각 없이 그저 하루하루를 견뎌내야 할 것이다. 저 들판의 꽃들처럼.

아름다움이란 낱말을 풀어놓는다면 그 안에는 생과 사, 환희와 눈물이 섞여 있을 것이다.

모든 계절을 더 깊이 사랑할 수 있게 되었다는 것은 그래서, 습한 더위와 살을 에는 추위를 마디마디 겪어보았다는 나름의 훈장 같은 것이다.

익은 바람,
익히는 바람

사소한 짧은 대화와 한 줄의 글, 한마디 말

그리고 너무나 사소하여 곧 지나가버릴 순간들.

꽃도 피고, 낙엽이 지고, 바람 부는 인생에

이 사소함이란.

별나지 않은 순간들이 모여 삶을 별나게 만든다.

사소하게 빛나는 작은 불빛들이 모여

우리를 환하게 비춘다.

작업실 창밖으로 보이는 빛이 너무 좋아 나도 모르게 홀린 듯 짐을 싸 들었다. 작은 배낭에 드로잉 북과 휴대용 팔레트, 몇 가지 드로잉 재료들, 물통, 평소에 사용하는 붓을 대나무 살로 만든 붓말이에 돌돌 말아 넣었다. 매일 산책하며 오가는 시골길, 집에서 도로 건너 오 분 정도만 걸으면 펼쳐지는 논의 풍경. 내가 좋아하는 산책 코스이다. 가을바람이 불기 시작하더니 벼의 색이 금세 달라졌다. 초록빛에서 이제 막 노란 빛으로 옮겨가고 있는 중이다. 이렇게 가까이에서 낮은 시선으로 벼가 커가는 것을 매일 구경할 수 있으니 가슴이 벅차다. 요 몇 해는 정말 이상하게도 사건 사고가 많은 날들이었다. 아마 역사에 그렇게 기록될 것이다. 세계를 대혼란에 빠트린 질병과 연이은 태풍, 유독 긴 장마, 이상 기온…. 앞으로도 더 심해지면 심해졌지, 병든 지구를 다시 되돌릴 수 없을 거라는 슬프고도 막연한 예감이 든다. 하지만 벼는 올해도 예외 없이 익는다. 올해는 너무 피곤하니 쉬어야겠어, 라거나 세상이 시끄러우니 그만두자, 라고 하지 않는 것이다.

9월의 바람은 온화하게 만물을 어루만지고 익힌다. 가을은 그림 그리기 좋은 계절. 평평하고 적당한 곳에 자리를 잡고 앉았다. 눈앞에 펼쳐진 풍경에 감사하며 숨을 크게 들이마셨다. 잘 익은 흙냄새, 풀 향기가 세포 하나하나에 전해지며 온몸에 신호를 보낸다.

"살 것 같다."

요 며칠 사이 태풍으로 집 안에 몸을 웅크리고 있어서 이런 빛이 더욱 소중한지도 모르겠다. 결핍과 고립은 감사함을 기른다. 하늘은 천둥과 비바람을 퍼부을 때도 있으니까.

이따금 하늘 위로 서로 다른 종류의 새들이 무리 지어 가거나 짝을 이루어 날아간다. 팔레트 위로 개미가 기어다니고 바닥엔 지렁이가 말라비틀어져 있다. 옆집 개가 수상한 나를 보고 한참을 짖어댄다. 둑길로 자전거 탄 동네 주민, 어슬렁거리는 고양이가 지나간다. 오늘 하늘은 사람의 언어로 도무지 설명할 수 없는 색이다. 세상에 있는 모든 부드러움이 녹아 있는 듯한 색. 시시각각 변하는 모든 색이 오묘해서 한시도 눈을 뗄 수가 없다. 옅은 바람결이 볕 알을 하나하나 어루만지며 익힌다. 이 모든 것들에 눈을 맞추며 손을 재빨리 움직인다. 하나라도 놓치는 일이 없도록. 이 아름다움을 모두 담아 누군가에게 보여주고 싶다.

이렇게 자연 안에서 오롯이 그림과 마주할 때면 신이 아주 가까이에 있고 내가 세상의 모든 것과 연결되어 있다는 느낌을

강하게 받는다.

내가 세상의 일부라는 느낌.
그러해서 존재함이 괜찮다는 느낌.

'벼도 익고, 나도 익는다.'

우리 집
물이다

우리는 타인을 완벽히 이해할 수 없고,
모두 각자의 세상 속에 살고 있지만
잠시의 시간을 공유하며 그 안에서 찰나의 교집합을
발견했을 때 기쁨을 얻는다.

둥글고 뾰죽한 것
21.1.20

공중에 매달아놓는 짙은 자줏빛 피튜니아 화분, 생명력이 강하고 가을까지 줄곧 꽃을 피워내서 도시 조경에도 많이 쓰이는 꽃이다. 커다란 화분을 두 개 골라 들고 계산을 하는데 꽃집 아주머니가 키우는 방법에 대해 설명해주신다. 햇빛을 아주 좋아하니까 밖에서 키워야 하고, 오늘 집에 가자마자 물을 흠뻑 주라고 한다. 내가 "내일 비가 온다는데요?"라면서 의아해하자 그래도 집에 가서 "이게 우리 집 물이다~" 하고 주면 그 집에 더 적응을 잘한다는 그럴듯한 설명이 돌아왔다.

그러면서 반대편에 지나가는 택시를 불러 잡아주고 화분도 직접 트렁크에 실어주신다. 겉으로 보기에 번잡해 보이는 문산역 근처 시내이지만, 아직은 남아 있는 변두리의 넉넉함을 느꼈다. 그렇게 돌아가는 내내 그 다정함으로 인해 미소가 지어진다. 식물을 대하는 아주머니의 엄마 같은 마음과 아무렇지도 않게 택시를 돌려 잡아주는 여유가 마음에 시원한 바람을 일게 했다.

집에 돌아오자마자 물뿌리개에 물을 한가득 받아 정말 소리 내어 "이게 우리 집 물이다~" 하고 물을 주니 실실 웃음이 새어 나온다. 따져보면 모두 똑같은 수돗물일 텐데, 물을 준다고 그 집에 적응을 잘한다는 근거도 없을 텐데. 왠지 정말 더 잘 자랄 것 같은 생각이 드는 것이다.

초대한 손님에게 시원한 물 한 잔 대접하듯이, 투박한 듯 건네는 그 마음이 식물과 사람에게 똑같이 영양분이 될 거라는 그런 생각.

서울 망원동에 살 때는 어떤 할아버지께서 식물을 가져다놓고 파는, 이름 없는 가게가 있었다. 화원에서 가져다놓은 채로 분갈이도, 아무 장식도 하지 않은, 꽤 무뚝뚝한 가게였다. 손님이 들어와도 대수롭지 않게 여겼으므로 나는 오히려 그게 편해 자주 들렀다. 한번은 점포 정리를 한다기에 화초 여러 개를 골라왔는데, 그간 그렇게 말이 없던 할아버지는 내가 골라놓은 식물 이름들을 줄줄이 대며 저건 물을 많이 줘야 하고, 저건 바람을 좋아하고, 저건 꽃이 피면 예쁘고, 바로 햇빛에 내놓으면 힘들어할 수 있으니 며칠 그늘에서 적응시켜 해를 보게 해야 한다며 이런저런 이야기를 덧붙이시는 거다. 대부분 복잡한 이름들을 줄줄 꿰고 계신 것에 놀라고, 무심히 가져다놓고 파는 줄 알았는데 그게 아니어서 감동했다.

이렇게 종종 식물을 파는 사람들로부터 재미난 이야기를 들는다. 무언가를 가꾸고 돌보는 사람들에게는 나이와 성별을 떠나 어떤 섬세함 같은 것이 깃들어 있다.

율마에 대하여

잘 살고 싶다는 말 앞에 '그럼에도 불구하고'
슬프고 더럽고 지겹고 지치고 외롭고 힘겨운 그것들을
외면하지 않고,
오래오래 잘 씹어 삼켜서 잘.
그럼에도 불구하고.

율마에 대해서라면 할 말이 많다. 율마는 까다로운 식물이다.

주변에서 한 번쯤 키워보았다는 이야기를 들어보면 다 그렇게 이야기한다. 하루 이틀 물 주는 시기를 놓쳐버리기라도 하면 바로 삐쳐서 말라버리고, 바람이 안 통하거나 해가 없으면 시들시들하다 금방 죽어버리는 성미에 '에잇, 까다로워!'라며 돌아섰다가도 그 싱그러운 연둣빛을 보면 마음이 스르르 녹아 또 집으로 들이곤 하는 것이다.

실제로 율마는 한 번이라도 물 주는 시기를 놓치거나 무언가 환경이 맞지 않으면 금세 잎이 갈색으로 변하면서 가시처럼 뾰족해진다. 보들보들하고 특유의 기분 좋은 향을 내뿜었을 잎들이 언제 그랬냐는 듯 거칠어져서 다듬어주려고 만졌다가 잎에 찔려 화들짝 놀라기 일쑤다. 어떤 식물은 시들해 보여도 물을 듬뿍 주고 나면 다시 활기를 되찾기도 하는데, 율마의 한번 변한 잎은 회생이 불가하다. 마치 해맑게 웃고 있다가 토라지면 뒤도 안 돌아보고 저만치 사라지는 사람 같다. 한번 사라지면 절대 다시 돌아오지 않을 그런 사람.

이 까다롭지만 사랑스러운 식물을 집으로 들여온다면 며칠 동안 집 환경에 적응시킨 후 바로 분갈이를 해주는 것이 좋다. 토분을 좋아하지만 물을 자주 줄 자신이 없다면 도기 화분도 좋다. 토분은 말 그대로 흙으로 빚어 만든 것이라 수분을 오래 저장하기는 힘들지만, 통풍이 잘되어 자칫 흙이 과하게 습해질 염려가 적다. 또 어떤 식물과도 잘 어우러지는 그 자연스러운 색감과 질감을 좋아한다.

각자 좋아하는 적절한 화분에 분갈이를 한 후에는 집에서 가장 볕이 잘 들고 바람이 잘 통하는 곳에 둔다. 항상 열어둘 수 있는 큰 창 옆이나 옥상, 마당 등 야외의 공간이 있다면 그곳이 가장 좋다. 율마는 햇빛, 바람, 물을 모두 아주 좋아하는 식물이다. 태생이 쾌활하고 밝은 식물이랄까. 그래서 해를 닮은 해사한 초록빛을 간직하고 있는지도 모르겠다.

어떤 식물을 집으로 들일 때에는 우선 내가 지내는 환경이 그 식물을 키우기에 적당한지 생각해볼 필요가 있다. 해가 몇 시쯤 가장 잘 드는지, 바람이 잘 드는 곳은 어딘지 그리고 자주 눈길을 주고 들여다볼 시간과 공간, 마음의 여유가 있는지 또한 중요하다. 그런데 인생에는 항상 변수가 있다. 누군가에게 선물을 받는다거나, 화원에 갔다가 한눈에 반해 집어 들고 온 것들이 생긴다. 그렇다면 그 식물에 대해 공부를 해야 한다. 최대한 환경이 잘 맞는 곳에 두고, 좋아하거나 싫어하는 것에 대해 알고 있는 것만으로도 더 오랜 시간을 함께할 수 있을 것이다. 그렇게 내가 마음을 쓰면 어느 순간 나라는 사람이 살고 있는 집에 적응해주기도 한다.

마음에 사람을 들이는 일도 '나'를 둘러보는 일이란 것을 알았다. 한때는 내가 어떤 사람인지도 모르고 이 사람 저 사람에게 자리를 내어주었다. 불편해도 불편한지 모르고 소중해도 소중한지 잘 몰랐다. 언제부턴가 사람이든 동물이든 식물이든 먼저 내 집의 상태를 보게 되었다. 모든 것이 관계로 이루어진다면 가장 중요한 것은 나와의 관계이지 않을까. 내가 어떤 마음의 상태를 가지고 있는지 유심히 살펴보고, 부지런히 환기를 시키며 쓸고 닦아 지켜내야 하는 것이 내 마음이다. 그래야 그곳에 다른 무엇을 들일 수 있는 공간이 생긴다.

그렇게 내 집에 공간이 생겨 빛과 바람이 충족되었다면 물 주기가 가장 중요한데, 율마와 같이 물을 좋아하는 식물들은 보통 손가락으로 흙을 찔러보아 겉흙이 말랐을 때 충분히 주어야 한다. 하지만 사랑을 듬뿍 준다고 물을 너무 자주 주었다가는 뿌리가 물러버리거나 겨울엔 얼어버릴 수도 있다. 계절에 따라 습도가 다르고 집마다 환경이 달라서 흙이 마르는 속도도 모두 다르다. 특히 작은 화분에 있을 때에는 물이 마르기 쉬우므로 더욱 신경 써야 한다. 그러니까 식물을 키우는 일도, 사람을 마음에 담는 일도, 정해진 설명서나 정답 같은 것은 없다.

우리 집에는 목질화(나무처럼 기둥이 단단해지는 과정)가 된 커다란 율마가 두 개 있는데, 그중 하나는 어느 날 동생이 키우던 것을 데리고 온 것이다. 이사를 하는 집에 해가 잘 들지 않아 맡아달라며 데리고 왔다. 키가 50cm는 될 것 같은 그 율마는 동생이 꽃집에서 이천 원짜리 작은 화분을 사다가 그렇게 키운 것이라고 했다. 실내에서 애정을 듬뿍 받고 자란 율마는 잎이 보들보들하고 상쾌한 색을 뿜내고 있었다. 그런데 온 날부터 몸살을 심하게 앓았다. 잎이 끝에서부터 마르기 시작하더니 걷잡을 수 없이 점점 가시처럼 변했다. 식물도 갑자기 사는 환경이 바뀌면 적응할 시간이 필요한데, 실내에는 이미 자리를 차지하고 있는 화분들이 많아 어쩔 수 없이 데려오자마자 밖으로 내놓았던 것이 화근이 된 것이다.

그 앞을 지나갈 때마다 가시에 마음이 찔리는 것처럼 속이

상했다. 잘 키워줄 것이라 믿고 맡겼는데 속상해할 동생을 생각하니 걱정이 되기도 했다. 그때부터 매일 시간을 내 쪼그려 앉아 가시로 변해버린 가지들을 잘라내고 변해가는 잎끝을 손으로 똑똑 따주기 시작했다. 회생이 힘들다는 것을 잘 알았지만 아직 푸릇한 잎들이 있었기 때문에 희망을 걸어보았다. 반쪽은 구멍이 뻥 뚫렸지만 그래도 다행히 반쪽은 아직 살아 있었기 때문이다. 속으로 '살아나라. 살아나라.' 주문을 외우면서 매일매일 조금씩 정성을 다했다.

죽은 것들을 솎아내니 더 횡해지며 갈색 잎을 따주는 일도 끝이 안 보였다. 두세 달을 매일 그렇게 손길을 주니 어느 날부터 잎끝에 두 갈래로 새잎이 나기 시작했다.

지금은 언제 그랬냐는 듯 사방이 모두 빽빽하게 새로 난 잎으로 가득 차 있다. 그동안 두 번의 분갈이를 더 했고, 위기를 극복한 탓인지 웬만한 일에는 덤덤하고 기운이 넘친다. 그동안 수많은 화초를 키우고, 말려버리기도 했다. 화분에 담긴 식물은 자신을 키우는 사람에게 의지할 수밖에 없다. 하지만 애정과 관심을 쏟는다고 언제나 잘 살아지지도 않는다. 병충해에 걸린다거나, 사람은 모르는 그들만의 사정이 생기기 마련이다. 그러니까 이 율마

는 나의 정성과 자신의 살려는 의지와 볕과 바람의 손길이 합해
져 회생한 것이다.

기온이 영하로 떨어지는 겨울이 왔다. 율마는 추위를 제법 잘
견디는 축에 속해 남쪽 지방에서는 노지 월동도 가능하다던데,
이곳의 추위는 견뎌내지 못할 것이 뻔해 작업실에서 가장 볕이
잘 드는 곳에 들여놓았다. 몇 년 동안 뻥 뚫린 자리를 메꾸며 더
강해진 율마는 제법 나무의 태가 난다. 키가 1미터는 족히 넘고,
기둥이 4센티는 돼 보인다. 예민하고 까다롭기보다 이제 듬직하
기까지 하다. 하지만 지금 건강하다고 해서 앞으로의 일을 장담할
수는 없다.

사람들은 이 율마를 보면서 "어쩜 이렇게 싱그럽고 건강하
지?" 하며 감탄한다. 율마가 겪어낸 생사의 고통은 아무도 모를
일이다. 그렇게 눈빛이 깊고 단단한 사람이 있다면 분명 어딘가
났던 상처에 정성을 들인 자국이 있을 것이다.

줄

기

계속 그리는
수밖에

"시간이 날 때마다 나는 앉아서 일을 한다.

조각은 농사와 같다.

그냥 계속 꾸준히 하면 상당한 양을 해낼 수 있다."

- 루스 아사와, 1926-2013 (조각가)

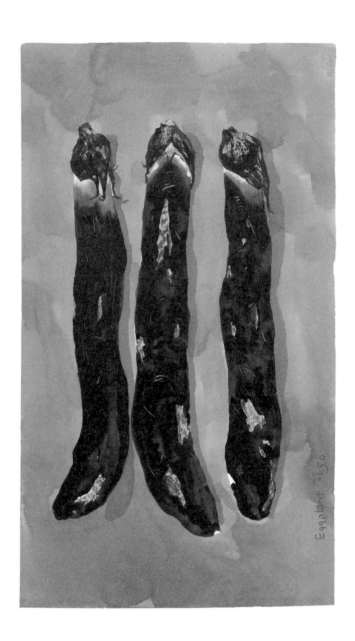

Eggplant 2150

가을 겨울 동안 하루에 8시간씩 꼬박 앉아 그렸던 그림들을 출판사로 떠나보냈다. 이제 내 손을 떠났으니 잘 어울리는 옷을 입고 세상에 나올 준비를 하겠지. 약간의 홀가분함과 그동안 쌓인 피로가 밀려온다. 피로한 탓인지 제법 봄기운이 도는 햇살은 감기약을 먹은 것처럼 몸을 더 나른하게 만들어 잠이 끝도 없이 밀려온다.

　코로나로 인해 수업이 몇 주 취소되면서 그림을 그릴 수 있는 물리적인 시간이 확보되었다. 나에게는 이 상황이 말 그대로 위기가 기회가 되고, 절망과 희망이 함께 온 셈이 되었다. 수업이 취소되지 않았다면 당장 돈을 버는 일에 밀려 그림 그릴 시간은 또 턱없이 부족했을 것이다.

　하루에 7~8시간 남짓 한자리에 앉아 그림 노동을 하는 일은 생각보다 더 많은 체력을 필요로 한다. 가만히 앉아 있는 일인데 뭐가 힘드냐, 육체노동을 하는 것보다는 더 쉽지 않냐고 한다면 딱히 할 말은 없지만 뭐랄까, 정신 집중의 강도가 다르다고 해야 할까. 쉬워 보이는 간단하고 느린 요가 동작을 오랜 시간 집중해서 해야 하는 것과 비슷한 지점이 있다. 그렇게 그림 그리는 일은 정신적인 노동과 같은 자세를 버텨내야 하는 육체노동을 함께

하는 일이다. 박완서 선생님은 "글을 쓰는 일이란 몸의 진액을 짜는 일이다."라고 하셨다. 며칠 전 친구와 통화를 하는데 다음 전시 작업을 구상하다가 몇 시간째 같은 자리에 같은 자세로 앉아 있는 자신을 발견했고, 이러다가 말라죽을 수도 있겠구나, 싶었다고 한다. '잘'하는 것을 떠나서 '오래' 하는 것이 얼마나 대단한 것인지 다시금 실감했다고.

간혹 사람들의 말을 듣다 보면 예술업에 종사하는 사람들에 대한 약간의 오해가 있는 것 같다고 느껴지는데, 작가라고 하면 고상하고 우아한 또는 자유롭고 비범한 사람의 이미지가 떠오른다는 이야기를 많이 듣기 때문이다. 그런데 보통 작가들은 정말이지 성실하고 생각보다 평범하다. 회사원들이 회사로 출근할 때 작업실로 출근하여 컴퓨터 앞에서 업무를 보는 것처럼 붓을 들고 종이 앞에 앉는다. 목 디스크가 오고 어깨가 결리고 손목이 시린 등 직업병을 호소하면서도 계속해서 무언가를 만든다. 잘되는 날도, 잘되지 않는 날도 그린다. 누군가는 아이를 유치원에 데려다주고 남는 시간에 작업실까지 뛰어갔다가 하원 시간에 맞추어 붓을 놓으며 아쉬워하기도 한다. 그렇게 하루에 주어진 시간을 채워나가는 성실함과 꾸준함이 예술가에게 가장 중요한 덕목임에도 표면적으로 드러나는 '천재성, 예민함, 열정, 개성' 등에 가려지고 있는 듯하다. 무심히 그어진 듯 보이는 선 하나가 깊이를 갖게 되기까지 얼마나 많은 종이가 쌓였을지 우리는 감히 알지 못한다. 어느 피겨 스케이팅 선수가 중력을 거스르고 공중에서 세 바퀴 반을 돌며 아름다운 미소를 더하기까지 얼마나 많이 넘어지고 다쳤을지 일일이 설명할 수 없는 것처럼. 멋진 결과는 마술처럼 뚝딱하고 생겨나는 것이 아니라, 수많은 실패와 좌절 그리고 다른 무언가를 포기하며 들인 시간이 만들어내는 것임을 모두 알고 있으면서도 우리는 금메달에 쉽게 현혹된다.

작가들이 걸어가는 길은 어디로 향하는지 잘 알 수 없는, 자주 안개가 끼고 표지판도 드문 길이다. 이곳이 길인지도 모르겠는 막막함과 두려움을 늘 안고 산다. 나는 여기서 사물이나 세상을 보는 예민함이 나온다고 생각하는데 앞이 잘 안 보이면 다른 감각이 더 발달하는 것처럼 모르는 길을 가기 위해서는 신경을 곤두세울 수밖에 없는 것이다.

그 길 위에 서면 스스로 질문을 자주 던지게 된다. 앞이 희미한, 어딘지 모르는 망망대해같이 느껴지는 이 길은 스스로 택한 길이기 때문이다. 하기 싫은데 해야만 하거나, 누군가에게 등 떠밀려 작가의 길을 선택하는 사람은 아무도 없을 것이다. 하지만 경제적인 여유와 사회적인 성공 등 아무것도 보장되어 있지 않으니 스스로의 선택을 응원하는 일도 쉽지는 않다.

"그런데 왜 하는 거예요?" 누군가가 나에게 한 그 질문이 몇 해간 꼬리를 물었다. 먹고사는 일에서 동떨어져 보이는 이 일은 어쩌면 쓸모없는 것처럼 보일 수 있겠다. 눈에 보이지 않지만 존재하는 것들을 증명하는 일, 그 쓸모없는 아름다움이 결국 우리를 채워줄 기쁨이 된다는 말도 어쩌면 지루하게 들릴지 모른다. 남들이 공들여 보지 않는 구석을 애써 들춰내어 종이 위로 끌어올리는 일이 어떤 사명감보다는 나 자신을 위한 것임을 부정할 수 없다. 그러니 어느 정도는 이기적인 끈질김이 필요한 직업이다. 그 끈질김은 간절함에서 나온다. 간절히 '나'를 찾으며 살고자하는 욕구와 그것을 실현하기 위해 놓아야 할 것들에 기꺼이 손을 흔들어줄 수 있는 용기 그리고 묵묵히 걸어나가는 태도.

이 모든 질문들 뒤에 답은 없다. 끊임없이 질문하는 것, 그것 말곤 없다. 마음껏 그림 그릴 수 있으면 그걸로 좋다. 말보다는 성실함으로 대답을 채우면서, 바닥난 체력에 다시 봄비를 뿌리며, 계속 그리는 수밖에.

그림은 손으로 하는 요가와 비슷하다.

살면서 겪은 좌절과 시련은 무언가를 그리며 극복해왔다.

쓰러질 때 나를 다시 일으켜 세운 것도 꾸역꾸역 완성한
내 그림이었다.

그것이 거꾸로 나를 바라보며 나를 증명하고 있었다.

그리는 데도 온갖 시행착오가 따른다.

삐뚤어지는 선을 곧게 그리기까지 여러 해가 걸렸다.

똑같은 정물을 수천 장 넘게 그렸다.

하지만 그릴 때마다 똑같은 적은 한 번도 없었다.

결과가 어떻든 그 과정이 나를 숨 쉬게 한다.

잘려진
가지
에서

그림 소풍

사람마다 가지고 있는 음声의 색은 모두 달라서
같은 노래를 불러도 모두 다른 음악이 된다.
사람의 호흡과 손을 통과하여 나온 붓질의 선과 색도 모두 달라서
같은 산과 바다를 그려도 모두 다른 그림이 된다.

소풍 삼아 처음으로 온 가족이 미술 대회를 나갔다. 아마도 초등학교 1학년 즈음이었던 것 같다. 러플 달린 투피스에 하얀 스타킹을 신고, 머리는 양쪽으로 땋아 동그랗게 묶었다. 잔디밭에 키다란 돗자리를 깔아놓고 엎드려 열심히 그림을 그렸는데 우리 옆자리에서 다른 학교 6학년 언니가 그림을 그리고 있었다. 그 그림을 슬쩍 보고 나는 충격을 받았다. 그 당시 초등학생 참가자들의 주재료는 크레파스였는데 그 언니는 각기 다른 색의 작은 동그라미들로 면을 채워 결과적으로 색이 섞여 보이는 기발한 방법을 쓰는 것이었다. 저학년이었던 나에게 외곽선의 안쪽 면을 단색으로 채우는 법 말고 그런 색칠 방법이 있다는 것은 엄청나게 놀라운 발견이었다. 나중에 쇠라* 그림을 봤을 때 그 언니 그림이 생각났다.

그 뒤로 대회 나가는 데에 재미를 붙여서 줄곧 사생 대회에 나갔다. 항상 가족 동반 소풍이었다. 옆에서 요구르트를 입에 물고 크레파스로 선만 긋던 동생도 언젠가부터 스케치북 하나를 차지했다. 대회를 열심히 나갔던 이유는 야외에서 맛있는 도시락을 먹으며 그림 그리는 것이 꼭 소풍 가는 것처럼 설레기도 했지만, 매번 대회 때마다 나를 신선한 충격으로 이끈 고학년 언니들의 그림을 구경하는 것이 흥미로웠기 때문이다.

---

*신인상주의 미술을 대표하는 프랑스의 화가.

    야외 사생 대회의 묘미는 역시 '야외'에서 그리는 데에 있었다. 초등학교 고학년이 되면서 나에게도 이젤과 화판이 생겼고, 뜨거운 햇볕을 가려줄 수 있는 챙이 큰 모자와 간이의자도 항상 가지고 다녔다. 나는 어느새 내가 선망하던 '고학년 언니'가 되어 지나가다 내 그림에 발걸음을 멈춰 한참을 구경하는 사람들의 시선도 즐길 수 있게 되었다. 점점 다른 사람의 그림을 구경하는 시간보다, 내 그림에 집중하는 시간이 많아졌다. 그늘에 앉아 산들거리는 바람을 맞으며 내 앞에 우뚝 서 있는 나무를 그릴 때면 그 어느 때보다 마음이 흡족했다. 그때부터 나는 셀 수 없이 많은 나무와 마주하며 그림으로 대화하는 방법을 익혔던 것 같다. 나무를 그리는 일이 단순히 가지와 잎을 그리는 것이 아니라, 바람이 스치며 들려오는 잎사귀의 노래와 온갖 빛을 머금고 있는 그림자, 표면의 거친 감촉 그리고 그 나무가 살아온 생을 그리는 일이라는 것. 모두의 사연이 다르듯 나무마다 기둥과 잎의 모양과 색이 다르다는 것을 여러 해에 걸쳐 조금씩 배워갔다.

    또 잘 그리고 싶은 욕심과 더 잘할 수 있다는 당찬 포부, 항상 남는 아쉬움, 연습할수록 조금씩 마음에 들어가는 내 그림, 수채화의 매력, 그런 것들이 나를 점점 더 그림으로 이끌었다.

어느 해에 '운보의 집'에서 열린 대회에 나갔다. 그곳에는 넓은 잔디에 뛰어노는 보더콜리 두 마리가 있었다. 뒤뜰 정원엔 연꽃이 피어 있었고 큰 잉어도 있었다. 작은 건물들 안에 진열된, 낡고 이가 빠진 도자기들과 어른 팔뚝만큼 큰 운보 할아버지의 붓 그리고 커다란 종이도 신기했다. 운보 할아버지와 악수라도 한번 하고 싶어서 그해 대회는 큰 상을 노리고 나갔다. 우리 학교에서 좀 '그린다' 하는 언니랑 같이 나갔는데 나는 그림을 그리는 중간중간 그 언니 그림을 보러 달려갔다. 어떻게 그리는지 알고 싶어 유심히 지켜보았다. 기와집과 나무와 멀리 보이는 산을 그렸는데 정말 멋졌다. 그 그림을 눈에 잘 새겼고 내 그림은 마음에 들게 완성하지 못했지만, 그것으로 기뻤다.

시상식에 운보 할아버지가 직접 나오셨는데 구부정한 몸 위로 알 수 없는 기운이 맴돌았다. 앞이 잘 안 보이고 귀도 잘 안 들리며 잘 걷지도 못한다는 사회자의 설명을 들었다. 몸을 의지한 지팡이를 잡은 손마디를 먼발치에서 보고 알 수 없는 감정이 일었다. 몇 년이 흘렀나. 나는 그 할아버지가 유명한 화백 김기창 선생님이라는 걸 알게 되었고, 또 몇 년 뒤엔 신문 일 면에서 그 화가가 작고하셨다는 소식도 보았다. 시간이 더 흐르고 미대 학생이 되었을 때 문득 생각이 나서 그 주인 없는 넓은 집에 찾아간 적이 있다. 천천히 구석구석 걷다가 거기 적혀 있던 글을 수첩에 옮겨 적어왔다.

—

나는 귀가 들리지 않는 것을 불행으로 생각하지 않았습니다.

듣지 못한다는 느낌도 까마득히 잊을 정도로 지금까지 담담하게 살아왔습니다.

더구나 요즘같이 소음 공해가 심한 환경에서는 늙어갈수록 조용한 속에서 내 예술에 정진할 수 있었다는 것은 오히려 다행이었다는 생각도 듭니다.

다만 이미 고인이 된 아내의 목소리를 한 번도 들어보지 못한 게 유감스럽고 또 내 아이들과 친구들의 다정한 대화 소리를 들어보지 못하는 것이 한이라면 한이지요.

예술가는 늙으면 대자연의 품에 안겨 자연의 창조주와 끊임없는 대화를 해야 한다고 생각해왔습니다. 늙어가면서

하늘과 대화를 나누며 어린이의 세계로 귀의해야 한다고
믿습니다.

나더러 마지막 소원을 말하라면 '도인이 되어 선의 삼매경
에서 그림을 그리는 것'입니다.

– 운보 김기창

꾸준히,
뭐라도

친구들과 자주 하는 말이 있다.

"꾸준히 하면 뭐라도 돼."

"맞아. 근데 그 '꾸준히, 뭐라도' 하는 게 제일 어렵지."

오늘도 작업실로 출근했다. 집과 작업실이 가까운 거리에 있다는 것은 여러 가지 장점이 있다. 일단 무언가 빼놓고 오는 일이 있어도 금세 다시 가져올 수 있다는 점, 그리고 가장 편한 옷차림으로 출근할 수 있다는 점 등등….

불과 몇 해 전까지 좁은 집에서 작은 식탁에 앉아 그림을 그리던 것을 생각하면 이렇게 나의 공간이 생겼다는 것은 정말 꿈만 같은 일이다. 나의 작업실은 해가 잘 들어와 식물을 키우기에도 좋고, 맞은편으로 낮은 산이 보여 매일매일 변하는 하늘과 산의 색을 관찰할 수 있다. 지금도 산이 잘 보이는 큰 테이블에 앉아 글을 쓰고 있다.

서울에 살 때 글을 써야 할 때면 조용한 카페에 노트북을 들고 가곤 했다. 그림은 집에서 그려야 하지만 글은 왠지 카페에 가면 더 잘 써졌다. 적당한 소음과 집이 아닌 공간이 주는 긴장감, 동시에 커피 향이 주는 안정감이 묘한 집중력을 발휘하게 했다. 창 옆자리에 앉아 몇 줄을 쓰다가 가끔 밖을 보며 지나가는 사람, 간판, 보도블록 틈 사이로 멍하니 정신을 놓기도 했다.

그 당시 우리는 합정동에서 카페를 운영하고 있었지만 집과는 거리가 좀 있었다. 나는 쉬는 날이면 자주 가는 카페로 향했다. 그곳은 40대 후반쯤으로 보이는 여성이 운영하는 카페였는데, 뜨개질 공방과 겸하는 곳이었다. 여기저기 손뜨개로 만든 아기자기한 소품들과 커튼, 블랭킷 등으로 꾸며진 아담하고 다정한 느낌이 드는 곳이었다. 사장님과 깊은 대화를 나눠본 적은 없지만 왠지 편안했다. 우리는 필요한 말 이외에 서로에게 말을 걸지 않았다. 하지만 주문한 라테를 정성스레 내려준 후 내가 할 일을 하고 있으면 사장님도 작업 공간(뜨개질을 하는 공간이 따로 있었다)에 슬며시 들어가 자기 일을 하는 것이 서로를 방해하지 않으면서도 일종의 동질감을 느끼게 했다. 공간은 주인을 닮는다. 그리고 공간은 외적인 꾸밈 외에도 보이지 않게 흐르는 공기가 있다. 곳곳에 숨을 불어넣는 주인의 손길과 애정 외에도 그곳에서 흘러나오는 음악, 식물, 사물 그리고 찾아오는 사람들의 에너지가 서로 영향을 주고받는다. 그래서 나와 잘 맞는 공간에 자석처럼 끌리게 되어 있다. 영감이란 영혼의 감각이다. 그렇게 누구에게나 잠자던 영혼을 꿈틀대게 하는 공간 하나씩은 있을 것이다.

지금의 작업실은 주로 나의 동굴 역할을 하지만, 친구들이 오면 응접실도 되었다가, 수업을 하는 날엔 화실이 되었다가 여러 가지 일을 해내고 있다. 아침 겸 점심을 먹고 출근을 하면 식물들에 한 번씩 눈길을 주고 물을 주거나 햇빛 쪽으로 옮겨주는 일을 한다. 그러고는 포트에 물을 팔팔 끓여 차를 우리며 음악 선곡을 한다. 오늘은 날씨가 화창하니까 여기에 어울리는 음악을 틀어볼까? 차를 홀짝거리며 앉아 심호흡을 몇 번 한다. 오늘 할 작업에 대한 이미지를 머릿속으로 그려본다. 몇 번이고 떠오를 때까지. 완성된 이미지가 어렴풋이 떠오르고 나면 본격적으로 작업에 들어가는데, 보통 여기까지 한 시간 정도가 소요된다. 때에 따라 시간이 더 걸릴 때도 있다. 집중이 잘되는 날도, 잘되지 않는 날도 있다. 어느 날은 술술 잘 풀리고 어느 날은 꽉 막혀 나오지 않는다. 여태껏 해온 모든 작업들이 다 별로인 것 같아 난감할 때가 있는가 하면 어떤 날은 자신감에 불이 붙기도 한다. 아무것도 하기 싫어질 때가 있고 하고 싶은 것을 하기에 하루가 모자란 날도 있다.

그래도 하루에 일정 시간 일을 하는 것처럼 (실제로 일이기도 하고) 루틴을 정하고 나면 그날그날 결과물이 나온다. 그 결과물이 내 마음이 들든 안 들든 어쨌든 무언가 하는 것이 중요하다. 열 번에 한 번꼴로 그나마 괜찮은 것이 나올지도 모른다. 하지만 그것마저 알 수 없더라도 하던 일을 멈추지 않고 꾸준히 하는 것이다. 그렇게 눈에 보이지 않는 실마리를 찾고자 심연을 헤매는 일은 생각보다 쉽지가 않다.

그게 무엇이든 하기로 결심한 것을 꾸준히 하면 결국엔 뭐라도 된다는 것을 모르는 사람은 없을 것이다. 잘 알고 있지만 가장 하기 힘든 일이다. 지금 주어진 시간과 공간이 허락하는 만큼 말이다.

결국 내가 매번 다독이며 응원해야 하는 것은 타인이 아니라 나 자신인지도 모르겠다.

식탁의 크기

언젠가 책을 만든다면

두고두고 펼치고 싶은 책을 만들고 싶었다.

한번 보고 덮어두는 책이 아니라 내 가장 가까이에 두어

계절마다 다른 페이지에 기대어 보고 싶은,

그리하여 누군가의 손끝에 닿고 닳아서

나무가 그 쓰임을 다하도록

그 어디에도 나의 욕심 같은 것은 채워 넣지 않고

덜어내고 남은 문장들만 꾹꾹 눌러 담아

그림이 글이 되었다가 글이 그림이 되기도 하는,

한동안 잊고 살았다가 문득 생각이 나면

쪽지를 남겨보는 친구처럼

어느 페이지를 펼쳐도 모두 나의 이야기 같은

그렇게 살아 있는, 살아지는 책을.

22. apple green. go young

근근이 버텨오던 서울 생활에서 마지막까지 놓지 않았던 작업실을 정리하는 날, 속으로 많이 울었다. 사실 집 월세를 내는 것도 빠듯했는데 작업실 월세까지 내느라 일을 더 해야 해서 정작 작업실에 나가지 못하는 날이 많은 것을 생각하면 불가피한 결정이었다. 크고 작은 캔버스들을 팔고 대학 시절부터 오랫동안 쓰던 도구들도 버리거나 나누어 주었다. 이제 한동안 작업실을 구하기 힘들 것이라는 현실이 절망감으로 다가와 꽤 오래 지속되었다. 그림을 그리지 못한다고 생각하니 더는 내 존재를 확인할 수 없을 것 같았다. 그래서 나는 살기 위해 틈을 찾았다.

'새롭고 거창한 것을 찾으려 하지 말고,
아주 낮은 곳에서 아주 작은 것부터 다시 바라보자.'

산책을 하며 데려오곤 하던 풀들을 일하는 틈틈이, 집안일을 하고 쉬는 시간을 쪼개어 하나둘씩 그리기 시작했다. 작은 식탁에서 그림을 그리다가 밥 먹을 시간이 되면 치우고 그곳에서 밥을 먹었다. 식탁의 크기만큼 그림의 크기가 정해졌다.

지금 처한 내 상황에 맞는 것들을 하기 시작하니 나에게 주어진 이 식탁의 존재에 감사할 수 있게 되었다.

재료도 사정에 맞게 선택되었다. 수채 물감은 오래 쓸 수 있고 냄새도 나지 않아 뒤처리가 깔끔한 데다가 바로 펼쳤다 언제고 접을 수 있어 집에서 쓰기에 좋았다. 또 풀을 표현하기에 더없이 잘 어울리는 재료였다. 섬세하고 유연하기 때문이다. 풀은 대부분 잎과 줄기가 얇고 가늘어 빛을 통과시킨다. 자세히 보면 물이 지나가는 수맥이 모두 보일 것처럼 투명하고 여리다. 그런 표현들은 사실 물로 그리는 수채화가 제격이다. 수채화에 쓰이는 붓은 동물의 털로 만든 것들이 많은데 이것들은 물을 머금으면 한없이 부드러웠다가 물이 빠지면 그 끝이 꼿꼿하게 선다. 물로 그리는 그림은 예상할 수 없는 곳에서 자국이 남기도 하고, 그 자국은 다시 낼 수 없는 일회적인 특별함을 불러일으킨다. 또 붓질을 하고 나면 수정이 힘들다는 점은 매 순간 더 촘촘한 선택을 하게 만들고 긴장 상태를 유지할 수 있도록 돕는다. 그렇게 호흡의 흔적이 그대로 남으니 내 숨에 더 집중해야만 한다.

유난히 덥던 여름날, 에어컨이 없는 집에서 선풍기 하나에 의지하며 풀을 그리겠다고 땀띠와 싸우던 내 모습이 어렴풋하게 옛 영화의 한 장면처럼 남아 있다. 고생스럽고 풍족하진 않지만 그릴 수 있어 행복한 날들이었다. 덕분에 내가 그동안 어떻게 그리는 행위로 살아왔는지 돌아볼 수 있었고, 그것이 나를 이루는 가장 소중하고 커다란 부분임을 깨달았다. 항상 모든 조건이 완벽히 갖추어졌다면, 그리는 일이 당연한 것이 아니라는 것을 알아차리지 못했을 것이다. 그러니 절망의 시간들이 인간을 다시 일으켜 세운다는 동서고금의 말들을 믿어야 하지 않을까?

그렇게 도시의 틈에서 피어나는 것들을 틈나는 대로 그린 것들이 모여 첫 책 《연남천 풀다발》이 되었다. 그러니까 그 풀들은 곧 그리며 살고자 하는 나의 투쟁이자 다짐 같은 것이었다.

성실한 구경꾼

누구보다 성실하게 보고
누구보다 성실하게 느끼고
누구보다 성실하게 그리는 일을 하는
성실한 구경꾼이 되어야지.

가을 들녘 앞에 쪼그려 앉아 있으면 고개를 떨구는 벼 이삭을 하염없이 바라볼 수 있다.

빛바랜 노란색과 낱알의 무게를 따라 늘어진 모양새, 바람이 불 때마다 하나둘 눕는 광경은 한순간도 지루하지 않다.

가을은 스케치하기 좋은 계절이다. 마음이 쉬이 모이지 않을 때 산책을 나선다. 목적 없이 발걸음을 옮기다 보면 걸음마다 나를 내려놓게 되고, 그 자리에 풍경이 들어선다. 그래서 집중이 잘 되지 않거나, 일의 진행이 막힐 땐 무턱대고 밖을 더 자주 나선다. 산책은 아마도 인간에게 주어진 두 다리로 할 수 있는 가장 시적인 취미일 것이다. 날이 갑자기 추워지면서 수확기도 조금 앞당겨진 듯하다. 곳곳에 깻묵과 벼 이삭들이 기계로 베어져 가지런히 말려지고 있다. 그 위로 철새들이 날아들어 먼 여정에 고팠을 배를 채운다. 여기저기서 무언가 태우는 연기가 난다. 땅은 그렇게 또 한 해의 할 일을 다하고 돌아올 봄을 준비하고 있다.

산책을 다녀오면 늘 무언가를 그릴 연료를 얻어 돌아온다. 꺼져가던 장작에 다시금 은근하게 불이 붙는다.

서울 살 때의 일이다. 하루는 산책하며 데려온 어수선한 풀 다발을 들고 커피를 사러 깔끔한 카페로 들어갔는데 사장님이 한참 나를 의아한 눈으로 보더니 커피를 주며 말을 건넨다.

"아니, 그 풀들은 뭐 하려고요?"
"아, 네. 그림 그리려고요."
"아…."

풀을 그리기 시작할 즈음부터 내 손에는 항상 풀 다발이 들려 있었다. 아니 사실 풀을 그리기 시작하기 훨씬 전부터 나는 풀을 집에 잘 데리고 왔다. 산책하는 동안 눈에 뜨여 계속 보고 싶은 것들을 고르다 보니 그게 습관이자 일종의 의식이 되었다. 집에 있는 물병에 꽂아놓고 보면 화원에서 산 화려한 꽃들과는 또 다른 맛이 있었다(시골로 이사한 지금은 더 이상 풀 다발을 만들어 데려오지 않는다). 제멋대로 자란 가느다란 선들과 여기저기 묻은 다른 풀들의 흔적, 아주 작아서 대부분 자세히 들여다보아야 하는 오밀조밀한 꽃망울 혹은 열매의 모양, 금방이라도 녹아버릴 것 같이 얇고 투명한 이파리 등은 들풀에서만 볼 수 있는 아름다움이다.

무언가를 잘 그리거나, 잘 쓰기 위해서는 먼저 성실한 구경꾼이 되어야 한다. 구경꾼이 되기 위해서는 운동을 하는 것처럼 훈련이 필요하다. 잘 보겠다고 마음을 먹고 눈을 부릅떠보아도 그동안 지나치던 것에 시선을 오래 붙잡아두는 것은 생각보다 쉽지 않다. 그러니 처음부터 모든 것을 다 잘 볼 수는 없다. 지속적으로 천천히 조금씩 시선의 근육을 늘려가야 한다.

또 슬기로운 구경꾼은 잘 보기 위해서라면 다른 사람의 시선은 신경 쓰지 않고 언제든 이상한 자세를 취할 수 있는 뻔뻔함이 필요하다. 몇십 분이고 쪼그려 앉아 바닥을 기어가는 무언가를 보는 호기심과, 남들은 다니지 않는 곳을 서슴지 않고 들어간다든지 하는 용감함도 있으면 좋겠다. 이렇게 버려진 것도 다시 보는 수집가의 눈으로 주변을 헤집고 다녀야 한다.

그냥 스치듯 보는 것과 관찰하는 것은 다르다. 관찰의 바탕에는 애정이 동반되어 있다. 무언가를 뚫어지게 바라보고 들추어내고 상상하는 것은 곧 그것에 대해 속속들이 알고 싶다는 것이다. 관찰하는 대상에 대한, 세상에 대한 애정이 없다면 호기심도, 인내심도 생겨나지 않는다. 반면에 관찰을 하다 보면 관심이 없던 대상에 애정이 생기는 경우도 있다. 뜯어보니 귀엽게 생겼다거나, 처음에는 아무 감정이 없었는데 계속 보다 보니 정이 든다거나 하는 말들처럼. 당연한 말이지만, 각자 애정을 느끼고, 앞으로도 애정을 가질 수 있는 대상이면 된다.

나의 경우 무언가를 그리고자 하는 마음이 동할 때까지 항상 시간이 필요하다. 한번 보고 마는 것들이 아니라면, 지속적으로 그것에 대해 마음을 모을 수 있어야 한다. 그렇게 그리는 시간보다 '보는 시간'을 더 중요하게 생각한다.

보는 행위에는 반드시 시각적인 것만 해당하지는 않는다. 모든 감각은 이어져 있으니, 귀로 보기도 하고 눈으로 듣기도 한다. 숨으로 들어오는 바람의 맛과 냄새도 있다.

일단 전체적인 모양을 둘러보고, 하나의 잎을 관찰하기 시작해서 시들어 색이 변하는 모습, 벌레가 먹은 부분, 잎맥의 생김새, 그 잎맥으로부터 연결된 잎 가장자리 작은 돌기의 크기, 솜털의 방향까지 보는 것이다. 그러고 난 다음 어느 나무에서 떨어진 잎인지, 어느 계절에 다다랐는지, 날씨에 따라 시시각각 어떻게 변하는지를 떠올려본다. 그러다 보면 내가 풀이 되고 풀이 내가 되기도 하며 어느새 나는 나를 떠나 있다.

주변을 지나다닌 사람들의 말소리, 번쩍이는 간판, 스쳐 지나갔을 바람, 그 바람을 타고 온 냄새, 수십 번씩 일어났을 사건 사고, 콘크리트 틈 어딘가로 뻗어나가 있을 뿌리, 그 뿌리에 닿은 흙과 그 흙을 밟고 살아가는 것들을 보게 된다.

아주 작은 잎사귀 하나에서 그렇게 세상과 만난다. 그리고 그 다음에 손을 넘어 저절로 나오는 것이다.

일단 구경꾼이 되기 시작하면 재미난 일들이 많다. 부서지는 집들, 고양이의 몸짓, 맞은편에 앉은 사람의 말투. 지나쳤으면 아무 의미가 없었을 것들이 크게 다가오고 거기에서 또 다른 사유가 시작된다. 들여다봄으로써 거기에 머무를 수 있고, 보이지 않는 너머의 것들까지 볼 수 있다.

상처 난 열매

이십 대 후반에 나는 절망스러웠다.

앞도 보이지 않게 캄캄했다.

그때는 견뎌내느라 몰랐는데 지나고 나서야

태풍이 쓸고 간 자리가 보였다.

하지만 어두운 시간을 지나가는 것이 무조건 나쁜 일은 아니다.

누구든 살면서 몇 번씩 마주할 수 있는 자연재해 같은 것이다.

그것을 피할 길은 없다.

그렇다면 최대한 몸을 웅크리고 견뎌내야 한다.

지금 나에게 온 바람을 부정하지 않고 받아들이며

배꼽에 힘을 주고 기다려야 한다.

시간이 지나가기를.

무사하지 않을 수도 있겠지만,

전과 똑같진 않을 테지만,

가지가 조금 부러질 수도 있겠지만,

마른 땅 위에 새로운 햇빛으로 더 푸르른 잎들이 커가기를.

무언가 그릴 거리를 찾는 습관 때문에 항상 시선을 이리저리 굴리는 중에 간식거리로 사 온 과일이 눈에 들어와 그날부터 과일이나 채소를 그리기 시작했다. 눈앞에 두고 그리기 좋은 크기인데다 양감이나 다양한 형태, 색감이 그림 공부를 하기 좋다. 예로부터 선배 화가들이 정물화를 즐겨 그렸던 것도 모두 이유가 있다.

아무튼 이 자연 정물들을 골몰히 보기 시작하니 몸에 한 군데라도 상처가 없는 것이 없다. 가을날 바닥에 뒹구는 수많은 낙엽 중 하나를 들어 올려 보아도 인간이 바라는 완벽함이란 있을 수가 없다. 벌레 먹은 자국, 찢긴 자리, 비대칭인 외곽의 형태가 이것이 자연이 만들어낸 것임을 보여준다. 요즘은 기술이 발달해 멀리서 보아 조화造化를 구별하기 힘들 정도로 잘 만들어내지만 가까이 다가가 보면 탄로가 나고 만다. 인간이 만들어낸 꽃에는 상처가 없다. 시들어가는 부분도, 누군가에 의해 꺾인 가지도 없는 것이다. 벌레도 꼬이지 않고, 향기도 없다. 그건 인간이 이기심에서 바라는 것일지도 모른다. 영원히 죽지 않는, 하지만 그것이 모든 빛이 꺼진 상태인 줄은 미처 알지 못한 채. 하지만 모든 자연물은 하나라도 같은 모양인 것은 없으며 어느 곳에라도 상처가 있다. 그리고 언젠가는 반드시 흙으로 돌아간다. 그것이 인공으로 만들어낸 물건과 자연의 물체와의 차이점이다.

붓에 물을 적시며 이 열매가 지나왔을 시간들을 떠올려보려 애쓴다. 인간의 기준으로 좋은 열매란 상품성이 있는 매끈한 열매일 테지만, 신의 기준으로 좋은 열매란 무엇일까. 긁히고 패였다 딱지가 생긴 자국들을 눈으로 손으로 무심히 그려본다.

고군분투하지 않는 삶이 있을까. 살아 있는 것들은 언제 어디서든 공격받고 시험받을 위험에 노출되어 있다. 그것은 내가 선택할 수 있는 것들이 아니다. 내가 선택할 수 있는 것은 그것에 맞서는 것 그리고 상처를 조금 덜 받고, 빨리 치유할 수 있는 면역력을 기르는 것이다.

내가 지금 그린 이 그림은 열매의 생, 그 생의 흔적들이다.

아무것도 되려
하지 않고,

그림을 배우러 누군가 오면 첫날은 대부분 선 긋기부터 시작한다.

연필과 종이와 친해지는 과정이다.

길고 곧은 선 긋기 연습을 하는데 강한 선은 그리기 쉽지만

약한 선은 그리기 어렵다.

"힘 빼는 게 어렵죠. 연필을 잡은 손에 힘을 빼셔야 해요.

최대한 멀리 잡아보세요"

우리가 꽉 쥐고 있는 것이 어디 연필뿐일까.

Tamayo.

6살이 된 친구의 아들이 하루는 저녁을 먹다가 이런 말을 했단다.

"엄마, 왜 사람들은 모두 무엇이 되어야만 해? 선생님, 정원사, 의사, 화가 같은 게 꼭 되어야만 해? 나는 아무것도 되지 않을 거야. 그냥 내가 될래."라고 했다는 것이다. 친구는 순간 할 말을 잃고 잠시 생각하다가 "정말 그렇지. 맞네. 너는 네가 되렴." 하며 동의를 할 수밖에 없었고, 나에게 이 이야기를 전해줬다. 그 이야기를 전해 들은 나도 기분 좋은 웃음을 띠며 "그래, 맞네."라고 답했다.

이 여섯 살 꼬마 도인은 이모에게 자주 명제를 던져준다. 아이들에게 한 수 배우는 일이 점점 더 많아진다. 어른이 될수록 착각하는 것 중에 하나는 짧고 쉽게 말할 수 있는 것들을 어렵게 돌려 말하며 자신이 진짜 어른이 되었다고 믿는 것이다.

수강생 중에 유독 열성적으로 그림을 그리시는 분이 있어 목표가 있어서 배우시는 거냐고 물은 적이 있다. 예를 들면 작가가 되고 싶다거나, 전시를 하고 싶다거나 그런 이유로 오시는 분들이 종종 있기 때문이다. 그런데 그분은 그런 목적이 있는 것은 아니고 그냥 좋아서 하는 거라고 하셨다. 좋아서 하니까 열심히 한다. 열심히 하다 보니 조금씩 느는 것이 눈에 보이고, 그게 재미있어서 더 열심히 한다. 뜻대로 되지 않으면 더 잘 그리고 싶어서 시간을 내어 연습해본다. 그런 단순한 이유로 꾸준히 종이를 채워나가는 중이다.

그 모습을 보고 있자니 그렇게 한 장 두 장 채워나가다 보면 나중에 무어라도 되지 않을까? 하는 그런 생각이 문득 들었다. 그게 무언지는 잘 모르겠지만 말이다. 무언가 되는 것도 중요하겠지만 그것에 너무 얽매이다 보면 처음에 좋아했던 마음은 사라지고 지치기 쉽다. 남과 나를 자꾸 비교하게 되기 때문이다.

일단은 지금 내 눈앞에 놓인 이 종이를 정성껏 채우는 것이 중요하다. 아직 서투른 붓질은 내가 생각한 대로 따라와주지 않기도 하고, 진하게 채우고 싶었던 하늘이 연하게 칠해지기도 하지만, 그 순간만큼은 종이와 나, 이 둘만 세상에 존재하듯이 마음을 다해보는 것.

아무것도 되려 하지 않고 때로는 열성적으로, 때로는 게으르게, 때로는 삐그덕거리며.

그런 것이 모이면 그게 '나'라는 사람이 되어가고 '무언가'로 불리지 않을까.

이름을 날리고 싶다는 사람이 있었다. 자신의 이름 석 자를 남겨야 하지 않겠냐고. 그때부터 이름에 대해 줄곧 생각했다.

이름이란 것은 누군가 받침 하나만 다르게 적어도 전혀 다른 이를 지칭한다. 그렇게 생각해보면 그저 작대기와 원으로 구성된 모양일 뿐이다. 게다가 세상에는 똑같은 이름이 수도 없이 많다. 내 이름을 검색해보았더니 연예인, 가수, 기자 등등 다양한 직업을 가진 다른 이들이 나온다. 그 직업 또한 하나의 이름이다. 이름은 말 그대로 무언가를 이르는 말이어서, 사람이나 사물, 어떤 것들을 설명하거나 가리킬 때 쓰기로 한 공통어일 뿐 그 존재의 모든 것을 대변할 수는 없다. 그런데 우리는 그 이름을 '날리기' 위해, 무언가가 '되기' 위해 얼마나 수고하며 살고 있는지.

이름을 이름답게 하는 것은 수식어이다. 어디에 사는 누구, 무엇을 만든 누구, 어떤 노래를 부른 누구, 그렇게 이름은 혼자 만들어지는 것이 아니라는 생각이 든다. 내가 속한 세상과 주변인들, 사는 곳, 행동의 발자취, 말의 열매, 취향이 담긴 물건들이 나의 존재를 이루며 함께하듯이.

그렇게 내 이름을 남기는 것보다 내 주변에 남겨지는 것들에 대해 더 오래 시선을 두어본다. 그렇게 생각하면 더 이상 이름은 그저 이름이 아닌 것이 된다. 그러고는 이내 나의 이름이 사라진다 해도 상관이 없어진다. 남겨진 것들이 나를 일러줄 테니.

마음의 완성

찬장 깊숙이 고이 넣어놓았던 선물 받은 찻잔을 꺼냈다.
너무 예뻐서 아끼느라 쓰지 못하고 있었는데
"언니, 잔은 써줘야 빛이 나. 자주 써줘."라던 말이 생각이 났다.

청색으로 물고기 문양을 직접 그려 넣고 금색 띠를 두른,
세상에 하나밖에 없는 잔.

어떤 물건은 어떤 사람과 만날 때 비로소 완성이 된다.

물건뿐 아니라 음식도 먹어주는 사람이 있어야 음식의 역할을 하고,
책도 보아주는 사람을 통해 가치를 더한다.
서로가 서로를 만나 화음을 내는 것이다.
똑같은 물건도 어떤 사람을 만나느냐에 따라 다른 손때가 묻고
그 사람이 점점 새겨지듯이.

2022. go young

너무 좋아서 꽁꽁 숨겨놓았던 말들이 있었다. 조금 더 묵혀두었다 꺼내야지, 하다가 시기를 놓쳐버린 말들에는 어느새 곰팡이가 슬어 바깥 구경을 하지도 못하고 녹아버렸다. 좋아하는 옷을 아까워서 몇 번 못 입다가 어느새 그 옷이 어울리지 않는 나이가 되었을 때, 나중에 해도 괜찮을 거야,라고 미뤄둔 계획이 더는 쓸모가 없어질 때. 그렇게 종종 너무 아끼는 것도 좋아하는 것에 대한 예의가 아니라는 것을 깨달았다.

그러니 나중 일은 나중에 생각하기로 하고, 일단 지금 마음을 움직이는 것들에 밑줄을 쳐본다.

깊숙이 넣어놓았던 말들을 쑥스러워하지 말고 꺼내기.
보고 싶다고 고맙다고 미안하다고 애를 써서라도 더 자주 말하기.

현세에 주어진 시간이 얼마나 남았는지 나는 알지 못한다. 내가 할 수 있는 일은 덜 부끄럽도록 최선을 다하는 일이다.

찻잔을 선물해준 그녀의 집에 놀러 갈 때마다 나는 매번 놀라는데, 그녀의 집에 있는 물건들은 거의 모두 다 바깥으로 꺼내

져 진열되어 있다. 집 안에 있는 모든 그릇, 찻잔, 향초, 여행지에서 사 온 갖가지 소품이며 장식들까지. 워낙 아기자기하고 예쁜 것을 모으는 것이 취미인지라 그 종류도 셀 수 없이 많다. 크리스마스를 사랑하는 그녀의 집은 그렇게 열두 달 내내 크리스마스 향기가 난다. 벽에도 좋아하는 그림들과 추억이 담긴 사진, 엽서가 가득하고 식탁 위에도 테이블보며 그릇들이 차곡차곡 겹쳐져 어느 쇼룸에 전시되어 있듯이 항상 보기 좋게 놓여 있다. 그래서 나는 그녀의 집에 가면 눈이 바쁘다. 하루 종일 둘러보아도 그 물건들을 하나하나 다 보기는 힘들 것만 같다. 그런데 더 놀라운 것은 그 물건들이 너저분해 보이지 않고 먼지 하나 없이 잘 관리되고 있다는 점이다(어떻게 그럴 수 있지? 나로서는 언제나 이해가 되지 않는 부분이다).

"나는 이렇게 꺼내서 항상 내 눈으로 보는 게 좋아. 그냥 넣어놓으면 아깝잖아."

그나마 약간 이해에 도움이 되는 부분은 그녀가 매일 새벽에 일어나며 부지런하다는 점과 기억력이 좋다는 것이다. 어떤 때에는 그녀가 그렇게 너무 많은 물건을 가지고 살면 힘들지 않을까 하다가도, 그 많은 것들에 매일 눈길을 주고 자리를 바꿔가며 손길을 주는 모습을 보면 고개를 끄덕이게 된다. 그녀의 말로는 모두 하나하나 자신에게 의미가 있는 것들이고, 어디에서 샀는지 누가 줬는지 그 물건을 보면 그때의 기억이 떠오르며 기분이 좋아진다고 한다. 그녀에게 물건은 그저 물건에 그치지 않고 어떤 이야기를 담고 있는 주머니 같은 것이다. 어떤 주머니를 열면 어떤 사람이 피어올라서 그 사람과 함께했던 기억과 대화가 떠오르고 그 끝은 그 사람의 안녕을 바라는 기도로까지 이어진다는 놀라운 이야기다.

사람마다 누구든 소유하고 있는 물건들이 있다. 그 물건을 다루는 방법은 사람마다 모두 달라서 어떤 사람은 겉으로 보이지 않게 잘 정돈해놓고 꼭 필요할 때 꺼내 쓴다든지, 또 다른 사람은 거르고 거른 최소한의 물건들을 가지고 수명을 다할 때까지 함께 한다든지 그야말로 가지각색일 것이다. 한 가지 확실한 것은 그녀는 자신이 원하는 방식으로 스스로를 풍요롭게 하는 일에 대한 책임을 지고 있다는 것이다.

아끼던 다포를 꺼내 깔고 선물 받은 찻잔에 차를 우리고 음악을 잔잔히 틀어놓고, 책에 밑줄을 긋는다. 가을이 오면, 더 넓은 땅이 주어지게 되면 심으리라던 수선화와 노랑 튤립 구근을 구해야겠다. 오늘 찍은 제일 좋은 사진을 누군가에게 보내주고, 아껴 덮어두었던 글을 다음이 없는 것처럼 써봐야지.

좋아하는 마음을 욕심으로만 채우지 않고
너무 아껴 먼지가 쌓이게 하지 않고
그리하여 서운해지지 않도록.

더는 미루지 않고 쓸모를 더해주는 것.
그게 진짜 좋아하는 마음의 완성이라는 글을.

뿌

리

엄마의 책장

얼마 전 재봉틀을 사고 나니 왠지 진짜 어른이 된 것만 같았다.
나에게 재봉틀은 엄마의 물건이었다.
드르륵드르륵….
항상 엄마의 재봉틀 소리를 듣고 자랐다.

어릴 적 집에 있던 공장용 재봉틀을 만지작거리며 놀다가 손톱에
바늘이 꽤 깊게 박힌 적이 있는데, 엄마는 내 소리를 듣고 달려와
놀라는 기색 하나 없이 침착하게 바늘을 돌려 빼주었다. 시간이 꽤
지난 후 그때 사실 너무 속상하고 놀랐었다고 이야기했다.

주변의 친구들이 엄마가 되고 아이들이 크는 것을 보면서, 이렇듯
지나서야 엄마의 재봉틀 소리에 많은 것이 담겨 있었음을 더듬어
듣는다.

내겐 늘 강하고 현명했던 엄마도 처음이기에 어설프고,
많은 것이 두려웠을 것임을….

《데미안》, 《나의 라임 오렌지 나무》, 《짜라투스트라는 이렇게 말했다》, 《토지》….

내 키보다 훌쩍 큰 6단짜리 엄마의 책장 안에는 이런 책들이 빈틈없이 꽂혀 있었다. 나는 그 책들을 놀이처럼 들춰보며 자랐다. 소리 내어 읽어보기도 하고 아무 페이지나 펼쳐서 한쪽만 읽고 닫아버리기도 했다. 모르는 단어가 가득해 도통 무슨 내용인지 이해할 수 없는 문장뿐이긴 했어도 낯선 글자들을 읽어 내려가는 것이 설렜다. 그 사이사이에 손 글씨로 쓴 엄마의 감상 일기라든지, 책을 살 무렵에 쓴 기록들을 엿보는 재미도 컸다.

엄마는 아빠와 결혼하기 전 촉망받는 국가대표 사격 선수였다. 중학교 때 공책에 필기해놓은 글씨로 사격부에 뽑혔다는 이야기를 들었다. 반듯하고 차분한 성격이 글씨에 담겨 있을 거라는 감독님의 추측이 곱씹어 생각해도 지혜롭다. 그렇게 엄마는 어린 나이부터 가족들과 떨어져 감독님 집에서 하숙을 하며 선수 생활을 시작했다. 그 후 태릉 선수촌에 들어갔고 세계 곳곳에서 열린 선수권 대회에 나가기 위해 해외에도 자주 다녔다. 훈련이 없는 날에는 틈틈이 책방에 가 책을 사 읽었다. 만약 사격 선수가 되지 않았다면 문학에 관련된 일을 하지 않았겠냐고 물은 적이 있는

데, 엄마는 그 시절에는 그런 것이 유행이었다고 웃으며 넘길 뿐
이었다. 그렇게 큰 책장 안에는 내가 태어나기도 훨씬 전의 엄마,
한 여자의 젊은 시절 풋풋함이 그대로 담겨 있었다. 그것이 나에
게는 소설보다 더 소설같이 낭만적으로 여겨졌다.

어디서 글을 쓰는 재주가 나왔느냐고 묻는다면 엄마의 영향
이라는 이야기를 빼놓을 수 없다. 물론 타고난 내 고유의 성향도
있겠지만, 늘 신문과 책을 곁에 두고 일기를 즐겨 쓰던 엄마의 취
향을 엿보며 자란 것이 자연스레 스며들어 나의 일부가 된 것이
다. 또 바라는 것을 이뤄내기 위한 용기, 웬만한 일에 쉽게 놀라지
않는 담대함, 어려운 일이 닥쳐왔을 때 오히려 침착해지는 강단
또한 엄마에게 영향받은 것들이다.

엄마는 글 쓰는 것 말고도 손으로 하는 일에도 재주가 많아
한때 한복을 짓기도 했고, 뜨개질이며 재봉질로 늘 무언가를 만
들어 우리를 입히고, 집 안 곳곳을 꾸몄다. 지금 생각해보면 엄마
는 손이 쉬는 것을 참지 못했던 것 같다. 천성적으로 손이 부지런
한 것도 있을 테지만, 무언가 답답하고 타는 마음을 손끝으로 흘
려보내는 일이었을지도 모른다. 그렇게 조각난 마음을 바늘과 실
로 기워내고 아름다운 것으로 승화시킴으로써 자신의 존재를 확

인했을 것이다.

엄마는 우리 세 남매에게 현명한 보호자이자 선생님이고, 강한 여성이었다고 생각한다. 한 번도 우리가 무언가 되었으면 좋겠다고 한 적이 없었고, 공부를 강요하거나 성적이 떨어졌다고 혼내는 일도 없었다. 성적이 오르거나 상을 타오면 함께 기뻐해주었지만 그것으로 호들갑 떨지는 않으셨다. 잘되는 날이 있으면 안되는 날도 있다는 것을 항상 상기시켜 주었다. 결과에 대해서는 별말씀이 없었지만 약속에 대해서는 엄격했다. 학교 숙제나 학습지는 일종의 약속이었으므로 잘하고 못하고를 떠나서 노력을 해야 한다는 것이었다. 놀이터에 나가서 마음껏 놀다가도 해가 지기전에는 집에 돌아와야 했다. 한번은 어찌나 재미있게 놀았는지 해가 지는 것도 몰랐다. 식물들을 채집하여 돌로 빻아서 주방놀이를하고, 정글짐을 올라타거나 사방치기를 하며 놀았다. 문득 주변이어두워진 것을 알고는 놀라서 급하게 동생들을 데리고 집 대문앞에서 초인종을 누르는데 가슴이 콩닥거렸던 것을 떠올려보면확실히 엄마는 우리에게 온화하면서도 무서운 존재였던 것 같다.

엄마는 올림픽 출전을 코앞에 두고 아빠를 만나 결혼을 하며국가대표 생활을 그만두었다. 아빠의 뜻도 있었지만 스스로 자식들을 잘 키워내기 위해 전업주부의 길을 택한 것이다. 그때는 당연히 그렇게 해야 하는 줄 알고 했던 일, 아쉽고 아쉽지만 그 덕분에 우리를 모나지 않고 어엿하게 길러내었다고 말한다. 담담하게 말하지만 자신이 평생을 바친 꿈을 포기해야 했던 심정은 어땠을까.

엄마라는 단어를 내뱉을 때 종종 울컥하고 눈물이 나고는 하는데, 아마도 미안함과 깊은 감사의 마음이 들어서일 것이다. 우리는 필연적으로 누군가의 희생을 디디고 태어나 살아간다는 현저한 그 사실 말이다.

요즘도 엄마는 돋보기를 쓰고 책을 읽는다. 책을 읽을 때만큼은 마음껏 상상하며, 풋풋하던 시절로 돌아간다. 멋 부려 미니스커트를 입고 선글라스를 쓰고 세상을 여행한다. 눈이 점점 나빠져도 엄마의 손에 책이 떠나지 않는 이유는 모든 이름과 허울을 내려놓고 자신 그대로를 마주할 수 있기 때문일 것이다. 그 누군가 되지 않아도 되고 동시에 어떤 누구도 될 수 있는, 그 책장 속 세상은 영원했으면 좋겠다.

다시 태어나면 새가 되고 싶다던, 늘 자유를 꿈꾸던 엄마는 그 세상 속에서 온전히 자기 자신으로 자유로웠으면 좋겠다.

애틋한 단호박

의미가 있을까.

무언가의 가치를 매긴다는 것이.

지금 이 시각에도

누군가는 태어나고 누군가는 죽어가는데

새로운 건 새로운 대로

낡은 건 낡은 대로

세련되고 작고 크고 젊고 농익고 유치한 대로

모두 그만의 가치가 있는 것.

단풍보다 꽃이 더 아름답다고

과연 누가 말할 수 있을까.

Autumn
Squash
2.50

며칠 전 아빠의 밭에 다녀왔을 때 아빠가 따서 다른 것들과 함께 챙겨준 작은 단호박이 눈에 걸린다. 예전에는 한없이 넓어 보였던 가슴이 오므라지고 밭에서 일하느라 햇볕에 그을려 더 말라 보이던 등짝.

우리 눈에는 천하를 호령할 것처럼 무섭고 가부장적인 아빠였다. 특히 나는 첫딸이라 그런지 이런저런 일마다 규제가 따라 고등학교에 갈 때까지 버스 한번 혼자 타보지 못하고 컸다. 무용을 배워보고 싶었지만 아빠의 심한 반대로 미술부에 들어갔다. 그림은 얌전히 혼자 하는 일이어서 그랬는지, 자신의 못다 한 꿈 때문이었는지 그대로 두셨다. 아빠의 반대가 없었다면 무용이나 음악을 했을지도 모른다. 사춘기 시절 이런저런 일들로 아빠에 대한 미움이 일어 일기장에 토로하고 혼자 이불에 처박혀 우는 날이 많았다. 대학에 진학해 독립을 하여 혼자 살 때도 가끔 엄마 생각이 나면 아빠에게 따지고 싶었다. 그래도 아빠는 이곳저곳 다니며 사람도 세상도 많이 겪어보지 않았느냐고, 그래서 고달팠겠지만 그래서 또 괜찮지 않았냐고 말이다.

내내 엄마 편에서 아빠를 보아왔다. 밖에서는 모든 사람에게 살가운 아빠가 집에만 오면 입을 꾹 닫아 시큰둥해지고, 가까운 곳이라도 마음 가는 대로 오가지 못하는 엄마와 달리 아빠는 언제든 원하는 대로 나다닐 수 있을 것만 같았다. 술에 취해 늦게 귀가하는 것도, 언쟁이 일어났을 때 목소리가 더 큰 것도 아빠였다. 나의 눈엔 엄마가 늘 약자였고, 나도 어리고 약한 사람이었기에 엄마와 동질감이 더 큰 것도 이상할 일이 아니었다. 엄마는 속상한 일이 있으면 우리를 친구 삼아 이런저런 마음을 털어놓았지만 아빠는 힘이 들고 속상하다는 이야기를 술에 많이 취했을 때만 표현하고는 했다. "내가 너희를 세상 남부럽지 않게 키우려고 얼마나 애썼는 줄 아니?" "최고로 좋은 것만 해주고 싶었다." "내 편은 아무도 없어." 이런 이야기가 나오기 시작하면 우리는 슬금슬금 자리를 떠나 방으로 향했다.

아빠는 누구보다 가족을 생각하는 사람이었다. 항상 바쁘셨지만 주말은 반드시 우리에게 시간을 내어 산으로 계곡으로 놀러 다녔다. 그렇게 외곽으로 나들이를 갈 때마다 나는 달리는 차의 창문을 내려 바람 냄새를 맡는 것을 좋아했다. 가까워졌다가 빠르게 스쳐 가는 나무들, 하늘과 산릉선의 윤곽선, 온갖 것이 섞인 바람이 얼굴을 적시는 것을 느끼며 눈을 가늘게 뜨면 어딘가 모르게 해방감이 들었다. 그럴 때마다 아빠는 흘러나오는 음악의 볼륨을 조금 더 높여주었다.

아빠는 과묵한 성격 탓에 우리에게 "잘 잤니, 괜찮니, 요즘 어떠니" 같이 살갑고 다정한 말을 걸진 못했다. 대신 퇴근길에 우리가 좋아하는 간식을 사 온다거나, 봄이 오면 딸기 농장에 데려간다거나, 온 가족이 지방 출장길을 따라나서면 차 안을 지루하거나 불편하지 않도록 아늑하게 꾸며주며 세심하게 챙겼다. 그것이 말과는 다른 사랑의 표현임을 나중에야 서서히 알게 되었다.

씨를 뿌리고 물을 길어다 주고 혹여 병에 걸리지는 않을까 눈여겨보며 키워냈을 단호박. 며칠 동안 그 단호박을 먹지 못하고 작업실 책상에 그대로 놓아두었다. 나는 그게 괜히 든든했다. 지나가며 볼 때마다 우리도 저 단호박 키우듯이 무심한 듯 귀하게 키워졌을 것이라는 생각이 들었다. 이런저런 생각을 하다 보니 밑바닥에 조금 남아 있던 원망의 마음도 녹아내린다. 아빠는 "네가 행복했으면 좋겠다."라는 말 대신 호박을 따서 챙겨준 것이다. 거기에는 이제 모두 성인이 되어 출가한 자식들을 위해 아직도 허리를 펴지 못하고 고추를 키우고 들깨를 키워내는 한 사람의 고단한 삶과 사랑이 담겨 있었다.

그렇게 시간이 지날수록 아빠가 쉽게 삼켜지지 않는 단호박처럼 목에 턱 하고 걸린다. 호랑이 같던 사람이 눈물이 많아져 툭

하면 콧물을 닦아내는 그 모습 때문인지, 걸레를 두세 개씩 번갈
아 빨아 쓰며 방바닥을 닦고 다니는 모습 때문인지.

아빠의 밭

말할 수 있을까
이거보다 저게 더 멋진 거라고
이 일보다 저 일이 더 값진 일이라고
그 어떤 것이 더 의미 있는 일이라고
누가 과연 말할 수 있을까.

오랜만에 본가에 몇 주 머무르기로 했다. 머무르는 동안 매일 그림책의 바탕이 될 그림들을 구상하러 아빠의 밭으로 함께 출근을 했다.

　청주시 미원면에 있는 우리 밭은 집에서 차를 타고 30여 분을 가면 나오는 시골 마을에 있다. 옆으로는 소를 키우는 농장이 있고 아주 작은 개울이 흐른다. 뒤로는 그리 높지 않은 산이 포근하게 감싸 안고 앞으로는 전망이 탁 트여 풍광이 꽤 좋다. 한쪽으로는 대대로 산소가 있고, 그 옆에 있는 밭에서는 할아버지 할머니가 소일거리로 농사를 지으셨다고 한다. 그 무렵 젊었던 아빠는 농사에 관심조차 없었고, 이것저것 사업을 하며 사회생활을 하느라 바쁜 시기였다. 두 분은 집에서 밭까지 버스로 다니셨다고 한다. 그렇다고 해도 교통이 좋은 편이 아니라 꽤 불편했을 텐데 열정이라고 할지 그리움이라고 할지, 밭으로 향하는 발걸음을 누구도 말리지 못했다. 그래도 그때까지는 두 다리가 성하고 움직일 만하셨을 때고, 두 분 모두 거동이 느려지고 병원에 다니기 시작하셨을 무렵부터 밭은 거의 방치되고 있었다. 그 후로 할아버지 할머니가 돌아가시고도 몇 년간 우리 가족은 여러 가지 일들을 헤쳐나가느라 겨를이 없었다.

아빠는 퇴직을 한 후 여러 해 힘들어하셨다. 나는 나대로 서울에서 혼자 자취를 하며 분투하고 있을 때라 아빠의 마음 상태를 잘 헤아리지 못했지만, 아마 자신감과 패기로 살아온 자신에게 찾아온 세월의 무상함, 그 앞에 속수무책으로 내던져진 한 사람으로서 사회에서 쓸모가 없어진 듯한 두려움과 우울감이 찾아왔던 것 같다. 아빠는 앞만 보고 달려오느라 미처 이런 상황들을 준비하지 못했던 것이다.

그러던 중 어느 날 창고를 정리하는데 할아버지께서 생전에 챙겨놓으신 농기구가 가지런히 보이더란다. 아주 오래전부터 쓰던 낫과 호미, 갈고리 등을 야무지게 여며 버리지 않고 한편에 잘 모아두신 것이다. '언젠가 쓸 일이 있겠지.' 하며. 아빠는 그것을 자신이 꺼내 들 줄은 꿈에도 몰랐을 것이다. 나름 귀하게 자라 어려서도 농사일은 한번 안 해봤다고 자랑하듯 이야기하는 걸 여러 번 들었다. 아빠는 그 농기구들을 보는데 그게 꼭 할아버지가 자신을 위해 남겨두신 것 같은 생각이 들었단다. 그렇게 아빠는 자신에게 주어진 이 땅에 할아버지가 물려주신 농기구로 조금씩 농사를 짓기 시작하셨다. 지금은 컨테이너를 하나 구해놓고 그 주변으로 철마다 온갖 꽃들을 심고 각종 농작물과 과일나무를 종류대로 키우고 있다. 처음에는 가족들 먹을거리나 취하려고 시작했는데 이것이 해마다 종류도 늘어나더니 아예 제법 큰 밭농사를 짓게 되었다.

밭 구경하는 것은 언제나 좋다. 나는 이건 뭐냐, 저건 뭐냐 물어가며 아빠 꽁무니를 따라 아이처럼 묻고 둘러보기에 바쁘다. 밭에 가면 아빠는 아빠가 되고 나는 아이가 된다. 언제까지나 그럴 것이다. 그래도 그동안 보고 들은 것은 있어서 아빠의 솜씨에 감탄하는 안목은 생겼다. 워낙 꼼꼼하고 깔끔한 성격이라 호박 덩굴을 위한 지지대 하나도 어찌나 반듯하고 예쁘게 만들어놓았는지 나는 밭 구경을 할 때마다 혀를 내두른다. 거기에다 꽃씨를 여기저기 뿌려놓아 입구부터 봉숭아꽃, 별꽃, 금잔화 등이 피어 있다. 지나가던 이웃 어른도 들러서 구경을 하며 나를 보고는 "너희 아빠는 밭을 공주님처럼 꾸민다." 하며 웃었다. 나는 그 말을 듣고 하하 크게 웃었는데 너무 적절한 표현이어서 그랬다.

기분 좋은 산바람이 불어 한여름의 신록을 부드럽게 흔든다. 아빠는 이것저것 할 일을 찾아다니며 분주하다. 풀을 뽑고 익은 고추도 따고 다음에 심을 것들도 고랑을 파서 준비한다. 나는 아빠를 따라 토마토에 물을 준 다음에 이런저런 모습을 사진으로 담기도 한다. 문득 이 모습들을 더 생생하게 남기고 싶어 적당한 곳에 자리를 잡고 현장에서 그림을 그리기로 했다.

화판으로 쓸 만한 마땅한 것을 찾다가 비닐하우스 안에서 높고 둥근 종이함을 발견했다. 평평한 곳에 놓아 테이블처럼 쓰기 좋을 것 같았다. 제법 두께가 있는 단단한 종이상자는 화판이 되고 분리수거 통에서 발견한 플라스틱 통으로 물통을 한다. 그렇게 여기저기 옮겨 다니며 종이에 풍경을 담고 있으니 작은 풀벌레가 그림 위로 뛰어든다. 나비도 잠깐 쉬었다 간다. 숨만 쉬고 있어도 좋을 맑은 공기와 땀을 말려주는 여름 바람, 온갖 곤충들, 나뭇잎이 움직이는 모습, 논밭 위로 드리우는 구름의 그림자…. 여기는 이 자체로 완전한 여름의 밭이다. 이것만으로도 세상을 다 가진 듯 더없이 충만한 감정이 일었다. 나의 모든 세포들이 섬세하게 일어나 이 순간을 흡수하려 든다. 살아 있는 감정이다. 그래서 그림을 그리다 말고 자주 풀벌레를 가만히 보거나 눈을 감고 코를 킁킁거리며 공기를 맡는다.

그림 속에 아빠의 모습도 자연스레 등장한다. 나의 아빠이기 전에 한 사람으로서, 쟁취하고 욕망하던 사람이 아니라 순응하고 겸손한 자세로 살아가는 사람으로서 밭의 일부가 된 모습이다. 아빠는 밭일을 하고 나는 그림 일을 하는데 어쩐지 베짱이가 된 기분이다. 임동식 선생님께서 하루에 여덟 시간씩 그림 노동을 해도 농부들 앞에 서면 왠지 개미와 베짱이 생각이 난다고, 농부들이야말로 진정한 자연 예술가라 칭하셨던 말이 생각난다. 그 말이 맞다. 우리는 아무리 잘 관찰한다 해도 사시사철 밭을 향한 사려 깊은 눈길을 따라갈 수는 없다. 왜냐하면 자신의 몸뚱이 하나로 정직하게 흙을 빚어 무언가를 길러내는 것은 농부만이 할 수 있는 일이기 때문이다.

자기가 먹고 살려고 하는 일인데 왜 농부를 칭송하냐고 한다면 그것은 땅을 살리는 일이기 때문이라고 말하고 싶다. 땅에 가장 가까이 엎드려 딱딱해진 흙을 부드럽게 만지고 그곳에 씨를 뿌리는 일. 인간이 스스로 할 수 있는 일을 찾아 하고, 나머지는 하늘의 뜻에 맡기는 일. 먹을 것을 취하고 나머지는 흙으로 돌려보내는, 그리하여 땅을 살리고 우리를 살리는 그런 일이기 때문이다.

그리고 나는 아빠가 어느 노을 질 무렵 시작한 밭일이, 그렇게 아빠의 마음도 살렸다고 믿고 있다.

엎드린 사람들

바닥에 몸을 낮추어
땅바닥에 무릎 꿇을 때
농부는 안심한다.
너무 빨리하고
너무 일찍 심으면
식물이 위태롭게 된다.
추수만 생각하면
아무것도 기르지 못한다.

네 논밭 바닥에 몸을 낮추어
한발 한발 살피면서 걸어라.
그렇게 하고는
놓아버려라.
추수 때가 다가오고 있다.

- 《농사의 도》 파멜라 메츠 풀어 씀

푸른
2022.7

올해는 코로나 바이러스와 함께 태풍과 장마가 오래 계속되었다. 잇따른 자연재해 속에 인간은 나약함을 다시 한번 깨닫는다. 우리는 마스크를 쓰며 모든 생활을 하게 되었고 과수원의 과일들은 떨어지고 벼는 쓰러졌다.

요즘은 씨앗을 뿌리는 일도 작물을 거두는 일도 기계가 하고, 제초제도 많이 친다고 한다. 또 자기 것만 소중히 여기는 욕심쟁이 농부들도 많다고 한다. 하지만 그래도 진실하게 밭과 논을 일구는 사람들이 있다. 시골길을 산책하거나 마트에 가기 위해 차를 타고 천천히 달리다 보면 허리를 구부려 일하고 있는 농부들을 자주 본다. 꽤 넓은 평수의 논이나, 갖가지 작물을 심어놓은 집 앞의 작은 텃밭을 돌보고 있는 사람들. 그 모습을 오랫동안 유심히 바라본다. 매일 자라는 풀을 손으로 뽑고, 씨를 하나하나 심어 모종을 키워서 땅에 다시 옮겨 심는다.

호미 자루 하나 들고 작은 손으로 흙을 여미는 일은 바쁘게 살아가는 세상 사람들 눈으로 보기에 느리고 비효율적인 일처럼 보일지 몰라도, 그 호미 끝에서 식물이 자라고 그 식물이 우리네 밥상에 올라오며 그것이 힘과 양분이 되어 시스템도 개발하고 배도 만들고 사람도 살려낸다는 사실을 우리는 자주 잊고 산다.

그래서 나는 직접 농사를 짓진 못해도 늘 정직한 농부들을 동경한다. 밀짚모자를 쓰고 진흙이 묻은 옷으로 논밭을 누비는 그 모습이 나의 눈에는 세상 어떤 직업보다 더 고귀하고 아름다워 보인다. 직립 보행하는 인간이 자기 몸을 둥글려 가능한 땅에 가장 가까이 다가가는 모습, 세 손에 흙을 묻혀 다른 생명을 가꾸고 돌보는 모습, 지지대를 세워주고 거름을 주어 키워내지만 비바람 앞에 속수무책인 그들이 자연의 순리에 가장 가까이 사는 사람들이 아닌가 한다.

지금 당장은 여건이 안 되지만 언젠가는 작은 밭을 꾸려보고 싶은 소망이 있다. 오래전부터 꿈꾸던 일 중의 하나다. 모든 것을 자급자족하며 살 수는 없겠지만 좋아하는 채소, 몇 가지 과일나무를 심어 자라는 것을 보고 싶다. 바구니에다 잘 익은 과일을 따서 탁자 위에 올려놓고 오가며 쳐다보고, 친구들이 놀러 오면 먹어보라고 내놓고도 싶다.

그래 봤자 나는 언제까지나 모르는 것투성이의 어설픈, 땅에만 의지하며 농부 흉내만 내는 게으른 관찰자이며 구경꾼일 테지만 말이다.

기도와 그림

나는 항상 작은 사람일 뿐이었다.

내가 할 수 있는 일은 지금도, 앞으로도 기도뿐인 것이다.

기도는 눈에 보이지 않지만

나비의 날갯짓이나 나무가 내뿜은 산소처럼

어딘가 가닿을 것이다.

믿음은 믿는 사람의 것이다.

Banana .19. 9o

자주 오가는 성당 수도원에 계신 수녀님과 그림 수업을 하게 되었다. 내 나름의 방법으로 누군가에게 도움이 될 만한 일을 하고 싶다는 생각이 있었는데, 마침 수녀님과 시간을 맞출 수 있었다. 내게 재능이란 것이 있다면 그것은 받은 것이니, 그 재능으로 누군가를 위해 쓰고 싶은 마음이 있었다.

수녀님이 수도원에서 작업실까지 오시는 길은 자동차로는 이십 분 정도 걸리는 가까운 거리지만 대중교통을 타면 몇 번을 갈아타야 해서 돌고 돌아 한 시간이 훌쩍 넘게 걸린다. 수녀님은 일주일에 한 번씩 쌀쌀한 날씨에도 기쁘게 여행길에 올라 이곳까지 오셨다. 힘들지 않으시냐 물으면 세상 구경도 하고 재미있다고 말씀하셨다. 손에는 항상 묵주가 들려 있었다. 우리는 몇 개월 동안 함께 이야기꽃을 피우며 그림을 그렸다. 가르쳐드리는 입장이었지만 수도자의 말간 기운을 듬뿍 얻는 순간들이었다. 수녀님이 떠나고 나면 작업실에 얼마간 평화의 공기가 맴돌았다.

수도원에서는 자주 있는 행사 때마다 주교님과 신부님들께 손 카드를 적어 보내는데 그때 쓰일 만한 작은 꽃과 식물들을 주로 연습했다. 그림을 그리다가 내가 기도와 그림에 많은 공통점이 있다고 말했는데 수녀님도 그런 것 같다고 공감해주셨다. 우선 둘다 마음을 하나로 모아야 하는 일이다. 두 손바닥을 마주 모아 가슴 앞에 대어 마음을 모아 드리는 것처럼, 붓 끝으로 마음을 모아 응축시켜야 한다. 또 사람의 의지로 하는 일이라는 점이 같다. 기도든 그림이든 어느 순간 자신이 없어지거나 무너질 때가 있다. 이때 스스로 의지를 다해 다시 일어서야 한다. 맑은 날도 흐린 날도 포기하지 않겠다는 의지. 겉으로 잔잔해 보이는 기도와 그림은 사실 매일의 파도에 맞서는 투쟁인 것이다. 수녀님이 그러셨다. "기도는 의지예요."

수녀님은 여러 번에 걸쳐 얼굴도 한번 본 적 없는 어느 신부님의 사제서품 축하 카드를 공들여 완성하시고는 아이처럼 좋아하셨다. "신부님, 잘 사셔야 해요!"

기도란 타인을 위해 할 수 있는 가장 순수하고 선의가 가득 찬 표현임을 가슴으로 느낀다.

사랑초 이야기

어느 날은, 혼자여도 잘 살 수 있을 것 같다.

내가 먹고 싶은 것만 먹고, 하고 싶은 대로만 하고,

작은 갈등이 있을 때 나의 힘을 쏟아 이해시키려 하지 않아도 되고.

하지만 세상은 두렵고 넓고 막막하여

누군가 손을 잡아준다면 더 힘을 낼 수 있을 것도 같다.

다시 한번 일어나서 더 멀리 갈 수 있을 것 같다.

사랑하며
사는
사랑초
봄

할머니가 기르시던 사랑초 화분이 엄마를 거쳐 우리 집으로 왔다. 어릴 때부터 할머니 집 계단에 항상 놓여 있던 사랑초는 할머니가 돌아가신 후 엄마가 내내 기르셨다. 내가 이곳으로 이사와 주택에 살게 되자 사랑초를 기를 만한 환경이 되어 나에게로 오게 되었다. "바깥에서 해 많이 보며 자라야 한다. 물을 좋아한다."는 이야기까지 같이 남겨졌다. 청색 안료로 대나무가 그려진, 요즈음은 구하기 힘든 이 도자기 화분에 왠지 정이 많이 간다.

사랑초만 보면 자동으로 엄마 생각이 난다. 스무 살 때부터 혼자 서울 자취 생활을 했는데 가끔 집에 내려가면 엄마는 집 베란다에 살고 있는 화초들 안부를 하나하나 전해줬다. 저번에 아빠가 시장에서 사 온 여인초가 저렇게 잘 자란다든지, 이건 원래 있던 금전수가 죽어서 다시 들인 거라든지, 선물 받은 야자수 흙이 좋지 않아서 분갈이를 하느라 고생했다는 이야기 그리고 사랑초가 옆에 있던 화분에까지 씨를 떨어트려 번식을 했다는 이야기까지….

사랑초는 색이 짙은 보라색에 가운데가 조금 옅은 와인색이고 리본처럼 달린 삼각형 모양의 잎들이 해가 들면 활짝 펼쳐졌다가 밤이 되면 오므라진다. 그 모습이 신기해서 아침저녁으로 화분 앞에 가서 확인하곤 했다. 줄기도 풀처럼 여린데 잎도 나비처럼 하늘하늘 위태롭게 매달려 있는 듯 보이지만 생명력이 강해서 겨울 추위에 쪼그라드는가 싶다가도 날이 따뜻해지면 또 금세 키를 키운다. 해를 좋아해서 화분 그대로 계단이나 바깥에서 기르는 게 잘 맞는 화초다.

사랑초 화분을 보고 있자니 왠지 엄마에게 나의 독립을 인정받은 느낌이다. 무언가를 책임지고 살펴보며 가꾸어야 할 나이. 엄마가 나에게 이 화분을 준 것은 내게 그럴 만한 마음자리가 생겼다는 의미일까. 집안 대대로 아껴오던 옥가락지를 물려받은 것처럼 소소하게 자랑스러우면서도 저리는 이상한 기분이 든다.

할머니가 돌아가신 지 십 년도 넘었는데 사랑초는 여전히 꽃이 피었다 졌다가 낮이면 잎을 활짝 열었다 밤이면 오므린다.

대물려지는
고마움

기도를 하듯 그림을 그리는 수강생이 계신다.

오후 세 시.

밝은 햇살을 맞으며

고요히 정성 들여 그림을 그리다가

중간에 한 번씩 소파에 앉아

창밖을 바라보며 눈을 감고 기도문을 외우신다.

소리 내어 읽지 않지만 알 수가 있다.

우리는 종종 맑은 눈으로 서로의 안부를 묻는다.

대부분 그림이나 일상에 관련된 이야기를 나누지만

눈으로는 안부를 묻는다.

'오늘도 내일도 평화가 가득하시기를.'

어찌 다 갚아야 하느냐고 물었다. 내가 받은 이 고마움들을 지금 당장은 내 주머니가 텅 비었고, 내 마음도 아직 여물지 못했는데 이렇게 받아도 되는지 모르겠다고.

주는 사람은 되돌려받기 위해 주지 않았을 텐데, 나는 받으면 그만큼 주어야 한다는 부담감이 항상 있었다.

그가 말했다.

"나중에 언젠가, 네가 필요한 일에 너의 도움을 필요로 하는 사람에게 주면 돼. 그러면 되는 거야."

그때 나는 그것이 진짜 성숙한 사람이 할 수 있는 대답이라고 생각했다.

받는 사람의 마음의 빚도 덜어주면서 누군지 모를 또 다른 받을 사람까지 예약해놓는 애정 어린 대답.

그 받을 사람이 꼭 내가 아니더라도, 그 고마움이 꼬리를 물고 물면 세상이 한편으로부터 조금씩 더 따뜻해지리라, 그렇게 믿는다.

이 사람에게 받아서 저 사람에게 나누어주는 일, 그 일이 고마움이었으면 좋겠다.

물감 용돈

그림과 글로 부드럽고 단단한 영혼을 그리는 삶

무언가를 계속 그릴 수 있는 기저에는

사랑하며 살고자 험한 길을 선택하는 사람들에 대한 감동과

나를 둘러싼 모든 은혜에 화답하고자 하는 마음이 있다.

누군가의 기도로 나는 오늘도 살아간다.

그래서 내가 그리는 풍경 안에는 사람이 보이지 않아도 사람이 들어 있다.

2011 coluha

"작가님이 좋아하는 색의 물감을 사주신다면, 더없이 기쁠 것 같습니다."라는 반듯한 글씨가 적힌 봉투를 받았다. 서울교육대학교 내 미술관에서 열린 개인전 때였다. 그 안에는 5만 원짜리 지폐 두 장이 들어 있었다. 전에 합정동에서 카페를 할 때 수업을 열었는데 그때 그림을 그리러 온 수강생이었다. 내 부모님보다 나이가 지긋하신데 언제나 작가님 작가님 하면서 높여주시고, 부족한 마음 씀씀이를 어여쁘게 봐주시던 고운 분이다. 앞에서 눈물이 나려는 것을 애써 누르고 감사하다는 말만 연신 했는데, 그것으로 전해졌을까. 나의 마음이.

햇수가 더할수록 의도치 않게 목구멍부터 울렁거리는 증상이 생겼는데, 사람으로부터 받는 감동이나 지금 이 순간의 감사함 때문이다. 그것이, 귀한 것인 줄 알아가기 때문일까.

그때 받은 그 용돈을 미처 쓰지 못하고 깊숙한 서랍에 넣어놓았는데 어느 날 그 마음에 화답을 해야겠다는 생각이 들었다. 어떤 형태이면 좋을까. 이런저런 생각을 하며 여름의 초입에 들었는데 자주 걷는 길가에 핀 야생 장미 앞에서 불현듯 모양이 잡혔다. 오후가 되어 산으로 넘어가는 해의 모든 기운이 그 안에 모두 담긴 듯 그 장미는 붉다 못해 빛을 발산하고 있었다. 그 언젠가는 왜 붉은 장미가 촌스럽게 여겨졌을까.

이 야생 붉은 장미는 향기가 없다. 아니, '향기가 필요 없다.'는 표현이 더 맞을 수도 있겠다. 마치 주인이 없는 듯 보이는데 어느 집 앞 담장이나, 큰 길가에 핀 것이 아니라 시골의 흔한 개천변에 버려진 듯 보이는 땅 위에 우두커니 있기에 더 그렇다. 그래도 겨울마다 가지치기가 되는 걸 보아서 아마도 심어놓은 사람이 있는가보다. 하지만 지속적으로 사람의 손을 탄 것이 아니라 보기에는 야생에 더 가깝다. 작년의 죽은 가지와 갖가지 풀들이 뒤엉켜 어딘지 처연하고 쓸쓸한 느낌마저 드는데, 딱 이 계절에 피어나는 꽃이 발하는 생명력과 색色이 주는 에너지가 솔직하고 대담하게 눈길을 사로잡는다. 남편은 이 붉은 장미 앞에 설 때마다 감탄을 금치 못해 끝내 슬퍼진다고 했다. 너무 아름다운 것을 보면 새삼 우리네 짧은 생이 코앞으로 와닿고, 그렇기에 가엽고 소중해진다.

서울에 갈 일이 있어 간 김에 잠시 화방에 들렀다. 유화 물감 코너에 가서 그 장미와 아무리 가까운 색을 찾아보아도 그 오묘한 붉은빛은 찾을 수가 없었다. 어쩔 수 없이 가장 가까워 보이는 몇 가지를 집어 들어 일전에 받은 그 '물감 용돈'으로 값을 치렀다.

'이 물감으로 그 장미를 그려야지.'

붉은 장미라고 칭하는 것이 아쉽게 느껴질 만큼 이 장미의 색은 복합적이다. 무겁지도 가볍지도 않은, 약간의 오페라(핑크 계열의 색이름)와 순수한 울트라마린 블루가 살짝 섞였지만 채도 높은 레드. 하지만 색은 섞을수록 탁해지므로 내가 저 붉은색을 만들 재주는 없다. 게다가 미세한 펄을 품고 있어서 밝은 날이나 비가 오는 날이나 스스로 빛을 내고 있다. 이것을 그림에 구현할 수 있을까, 아니 하지 못한다. 하지만 이 계절의 습도와 비가 온 뒤 바람에 섞여 오는 풀 향기, 구름의 움직임, 반대편의 낮은 산에서 울려오는 새소리까지 모두 담아 지금 이 장미를 통째로 선물하고 싶은 마음. 응원하거나 위로하고자 하는 의도 없이, 이 붉은 장미가 살아온 겹겹의 생을 그려내고 싶은 마음. 할 수만 있다면 그렇게 하고자 하는 마음을 그리고 싶다.

문득문득 내가 하는 것에 비해 너무 많은 것을 받으며 살고 있다는 생각이 든다. 잠자리에 누우면 받았는데 돌려주지 못한 마음들이 내 위를 둥둥 떠다닌다. 비단 물질적인 것 말고도 믿어주고 기다려주던 마음, 배려해주던 마음, 관대하게 용서해주는 마음…. 주는 마음은 결국 내 것이 아니라 당신의 것이라고 떼어보려 해도 받는 사람은 제 뒤를 돌아본다.

무언가를 그리는 일은 나 홀로 잘나서 되는 일이 아니라 갚아야겠다는 빚진 심정에서 나오는 것임을 고백한다. 그래서 이 그림과 글에는 당신들이 들어 있어요, 라는 목소리를 부디 들어주시기를.

이것이 내가 할 수 있는 화답의 모양이다.

손으로 쓴
편지

내가 아는 그 사람들은 조금 촌스러운 구석이 있다.
디지털이라는 말을 쓰기도 민망한 시대에
결국 붓과 연필을 고집하는 것도 촌스럽고,
어딘가에 손이 닿는 느낌이 있어야 마음이 놓이고
손으로부터 이어진 어떠한 힘이
보는 사람에게 전달된다고 믿는 촌스러움.
그리고 그 촌스러움을 사랑하는 촌스러움.

올해는 바람대로 눈이 많이 왔다. 그래도 더 왔으면 하는 아쉬움이 남는다. 파주라고 하기에도 더 북쪽 끝이라 역시 춥기는 춥다. 며칠 동안 강추위가 계속되더니 온수가 얼어 며칠 고생을 했다. 드라이기를 들고 배관 라인을 따라 한참을 씨름하고 나서야 물이 나왔다. 추위는 사람을 바짝 긴장하게 만든다. 러시아에서 왜 훌륭한 문학도들이 많이 나왔냐고 한다면 추위 때문일 것이라 예상하지 못하는 사람은 없을 것이다. 생존에 대해 걱정하고, 세상이 겨울의 적막에 휩싸이는 것을 지켜보면서 모든 존재 이유에 대해 질문을 하기 시작했을 것이다. 작은 불씨 하나에 의지해야만 하는 인간의 작음에 대해, 작은 생명이 남기고 간 흰 발자국에 대해, 두꺼운 얼음 아래 가려진 세계에 대해….

겨울에 공기는 더 촘촘해지고 맑아진다. 날카롭고 청명하다. 사람은 옷을 겹겹이 껴입고 하얀 하늘과 줄지어 가는 철새들, 얼어붙은 논바닥을 보면서 총총히 어디론가 걷는다.

바깥이 추울수록 집 안의 온기는 제빛을 발한다. 화분에 잠깐 비추는 겨울 햇살이 더욱 따뜻하다. 겨울은 그렇게 직접 사라지는 것들을 보여주며 살아지는 것을 만든다.

독일에 사는 친구에게서 소포가 왔다. 펼쳐지는 카드 면에 빼곡히 채워넣은 손 편지와 함께 면역력에 좋은 독일 차와 코 막힘에 좋은 허브 등을 깨알같이 함께 넣었다. 우리는 '아직도' 핸드폰으로 쉽고 빠르게 보낼 수 있는 짧은 메신저보다 손 편지를 주고받는 것을 좋아한다. 특별한 일이 없어도 마음이 동할 때 편지나 엽서를 써서 부친다. 손으로 쓴 글씨는 그 순간만 낼 수 있는 느낌의 드로잉처럼 표현할 수 없는 감정을 전달한다. 꾹꾹 눌러 쓴 글씨든 빠른 시간에 휘갈겨 쓴 글씨든 누군가를 떠올리며 책상 앞에 앉은 그 시간의 공기와 생각의 무게가 담겨 있다.

손 글씨는 고치기 힘들므로 하고 싶은 말을 미리 생각해놓고 시작해야 한다. 머릿속에 당신이라는 사람이 가득 차야만 종이가 채워진다. 두서없이 펜이 흘러가도록 둘 때도 있지만 그래도 시작과 끝에는 항상 '우리'가 담겨 있다. 우리가 언제 만났고, 서로에게 어떤 의미이며, 연은 어떻게 흘러갔는지. 너의 안부를 묻고 나의 안부를 전하며 말을 건넨다. 미처 말이라는 사라지는 것들로 담지 못하던 그리움을 한 글자씩 써 내려간다.

답장을 써야겠다. 이곳의 날씨와 풍경, 오늘 일어난 일과 어제의 일, 그보다 더 전에 일어난 일들을 적어 보내야겠다.

전소영 지음

늘 자연과 가까이 지내기 위해
파주 문산으로 이사를 왔습니다.
사소하지만 소중한 것들의 아름다움을
글과 그림으로 담고 싶습니다.
지은 책으로는 《연남천 풀다발》, 《적당한 거리》,
《아빠의 밭》, 《달상자 포스터북 by 전소영》 등이 있습니다.

그리는 마음_ 달그림 에세이

초판 1쇄 발행 2023년 6월 23일

지은이 전소영

펴낸이 황정임
총괄본부장 김영숙 | 편집 이나영, 최진영 | 디자인 이선영, 이재민
마케팅 이수빈 고예찬 | 경영지원 손향숙

펴낸곳 달그림 (도서출판 노란돼지)
주소 10880 경기도 파주시 교하로875번길 31-14 1층
전화 031-942-5379 | 팩스 031-942-5378
홈페이지 yellowpig.co.kr | 인스타그램 @dalgrimm_pub
등록번호 제406-2017-000114호 | 등록일자 2017년 8월 11일